MARINA CARRÈRE D'ENCAUSSE

Médecin et journaliste, Marina Carrère d'Encausse est née à Paris en 1961. Elle a travaillé pour des journaux médicaux et des magazines de santé grand public, avant d'être coproductrice et coprésentatrice, avec Michel Cymes, des émissions médicales *Le Magazine de la santé* et *Allô docteurs* sur France 5. En 2012, elle a été ordonnée chevalier de la Légion d'honneur.

Marina Carrère d'Encausse est l'auteur de plusieurs ouvrages sur la santé, dont *Alcool : les jeunes trinquent* (Anne Carrière, 2011), paru chez Pocket sous le titre *L'Alcool et les jeunes : un problème réel, des solutions concrètes,* qu'elle a écrit avec les précieux conseils du Dr Philippe Batel, psychiatre, alcoologue et chef du service d'addictologie de l'hôpital Beaujon, à Clichy. Son premier roman, *Une femme blessée*, a paru en 2014 chez le même éditeur.

UNE FEMME
BLESSÉE

MARINA CARRÈRE D'ENCAUSSE

UNE FEMME BLESSÉE

ÉDITIONS ANNE CARRIÈRE

© S.N. Éditions Anne Carrière, Paris, 2014

ISBN : 978-2-266-25881-4

À Thibaud, Lara et Hugo, mes essentiels.

1

Premier jour. Souleymanieh, Kurdistan irakien, hôpital des grands brûlés

Il est 15 heures. Le soleil est au plus haut. Il fait chaud, l'air est étouffant. La rue est bruyante, la poussière omniprésente.

À l'intérieur de l'hôpital, le calme n'en est que plus remarquable. Les stores baissés tamisent la lumière, il fait bon. Un havre de paix, en quelque sorte...

On pourrait le penser si, dehors, il n'y avait l'enfer de la guerre. Cela fait près de trente ans déjà que le pays, hommes, femmes, enfants subissent l'horreur, la peur, la violence.

Pourtant, l'horreur s'étend jusque dans les chambres de l'hôpital. On perçoit des gémissements. Pas des cris – les malades sont plutôt courageux, dignes –, mais des plaintes sourdes.

Et puis, il règne une odeur fade, douceâtre, une odeur de pourri. C'est celle des corps grièvement brûlés. On a beau tout faire pour couvrir cette odeur

– le sol vient d'être nettoyé, un chariot rempli de produits détergents et antiseptiques est parqué dans le hall –, elle est là, lancinante, elle s'infiltre dans les narines, occupe le terrain.

C'est un hôpital de brûlés, peut-être la pire des blessures que le corps et l'esprit puissent endurer. Et ici, ce sont les femmes qui souffrent.

Elles sont trois, allongées dans le sas de réanimation, antichambre de ce lieu où les médecins se battent pour sauver des vies. Quand ils le peuvent... Dans ce sas sont installés les cas les plus graves, les derniers arrivés.

Trois jeunes femmes : Bada, seize ans, Awira, dix-neuf, et Fatimah, vingt-trois. On ne distingue que des formes, mais ce sont bien des corps qui gisent sous les couvertures de survie posées sur eux. Des couvertures conçues pour maintenir une température suffisamment élevée et retenir la chaleur qui fuit, menaçant la vie à chaque instant.

Seuls les visages émergent. Les visages ou ce qu'il en reste.

Fatimah occupe le lit près de la fenêtre ; d'elle, on ne voit que la bouche. Le front, les joues sont recouverts d'un épais bandage qui masque ses blessures.

Dès qu'elle est arrivée, on lui a donné de la morphine pour apaiser ses souffrances et pour qu'elle supporte les premiers soins. Même plongé dans le coma, un brûlé peut ressentir la douleur, et les premiers gestes sont forcément éprouvants. Un médecin et un infirmier l'ont douchée, afin d'enlever toutes les peaux mortes mais aussi de rincer le kérosène encore sur sa peau qui risquait de pénétrer un peu plus dans le derme.

Ensuite, ils l'ont emmenée jusqu'au sas, l'ont installée le plus délicatement possible dans un lit stérile. Ils ont longuement, patiemment recouvert toutes ses brûlures de pommade désinfectante, puis de compresses et de bandes.

On dirait une momie. Un tube sort de sa bouche – il faut l'aider à respirer, toute seule elle n'y arrivera pas, ses poumons ont inhalé la fumée toxique. Enfin, une perfusion est installée, et goutte après goutte, du liquide se répand dans ses veines, beaucoup de liquide, pour éviter la déshydratation, un des ennemis mortels, avec l'infection, qui menace le grand brûlé.

Les médecins ont appliqué ces mesures indispensables, mais ils doutent que Fatimah puisse survivre : elle a été brûlée au troisième degré sur plus de la moitié du corps. Et plusieurs heures se sont écoulées avant qu'elle n'arrive ici.

C'est un cousin à elle qui l'a amenée. Il a expliqué à Omar Acar, qui dirige la réanimation, ce qui s'était passé : «Elle allait préparer le repas des petites sur le réchaud alimenté par du kérosène. C'est quand elle a craqué l'allumette que tout a explosé. Et son voile s'est complètement enflammé. Sa belle-mère, Saywan, l'a entendue hurler. Elle s'est dépêchée mais n'a rien pu faire. Elle m'a appelé parce que j'étais encore à la maison. Quand je suis arrivé, j'ai vu le visage de Fatimah s'embraser. C'était horrible. Avec Saywan, on l'a roulée dans une couverture pour éteindre les flammes. Elle gémissait, je ne sais pas si elle comprenait ce qui était arrivé.

« — Votre femme était encore consciente ? a demandé Omar.

— Ce n'est pas ma femme, je ne suis pas marié. C'est la femme de Jalal, mon cousin. On vit tous dans le même village. Mais Jalal n'était pas là, alors je l'ai mise dans la voiture pour venir ici. Elle bougeait un peu mais ne disait rien. Quel malheur, docteur ! »

Omar n'a pas répondu. Des histoires comme celle-là, il en voit tous les jours. Pour la seule année passée, 592 femmes ont été hospitalisées dans son service, amenées par leur mari, leur cousin, leur beau-père. Toutes grièvement brûlées par des systèmes défectueux – d'éclairage, de chauffage, ou de cuisson au bois, au gaz, au kérosène. D'autant plus gravement atteintes que souvent c'est le voile qui s'enflamme quand un accident arrive. Les brûlures, profondes, atteignent les avant-bras, le thorax, les jambes et, bien sûr, le visage. Ce visage détruit qui les empêche de se réinsérer dans la société malgré les mois de soins, de rééducation.

À condition qu'elles survivent !

Sur les 592 patientes d'Omar, seules 215 ont survécu. Elles avaient dix-neuf ans en moyenne.

Le médecin sait bien que toutes n'ont pas été victimes d'un accident – même si c'est toujours ce que la famille prétend.

Parfois, une femme du village parle ; parfois, c'est la victime elle-même qui, un soir où la douleur est trop vive, la détresse trop cruelle, raconte. Depuis neuf années qu'Omar dirige ce service, il en a entendu, des histoires ! Celle de l'adolescente qui avait raté ses examens et s'était immolée, par peur de son père. Celle de la jeune femme qu'on avait promise à un homme dont elle ne voulait pas : elle avait mis le feu à son voile

12

et fermé les yeux. De cette autre, brûlée par son mari qui la croyait infidèle. Ou de cette toute jeune maman, agressée par sa belle-mère qui la jugeait encombrante depuis que ses parents l'avaient abandonnée financièrement.

Ces femmes, prétendument victimes d'accidents domestiques, avaient en réalité subi des «crimes d'honneur», comme on les appelle. Des crimes que personne ne dénonce et dont on ne parle pas, par crainte des représailles, par habitude. Pourtant, beaucoup savent. Le village est au courant. Les voisines ont entendu, compris, elles plaignent et pleurent... en silence. Mais sans se taire complètement, ni abandonner. Quelques-unes ont pu venir, conduites par le frère de l'une d'elles. Là, sur la place devant l'hôpital, elles ont retrouvé des patientes, des mères. Elles parlent entre elles, disent ce que personne ne saura jamais. Elles *disent* pour que les mots existent, pour que les victimes ne soient pas oubliées, qu'elles soient mortes ou vivantes. Pour que leur calvaire ait un sens.

Puis, ensemble, elles se dirigent vers les fenêtres du service de réanimation. Bien sûr, les stores sont baissés, elles ne peuvent rien voir, mais les vitres restent entrouvertes pour faire entrer un peu d'air et de vie dans ces chambres où le temps est figé. Alors les femmes grimpent sur des pierres ; une fois à hauteur de fenêtre, elles tentent d'apporter une présence à celles qui viennent d'arriver et pour qui l'enfer ne fait que commencer. Dont Fatimah. Ses voisines savent qu'elle fait partie des «femmes de la première pièce». Elles ont vu le cousin repartir il y a peu, elles veulent savoir où en est la «p'tite», si elle les entend. Mais nul ne leur dira comment va Fatimah, si elle souffre, si elle pleure, si elle va vivre.

Omar est un homme, un médecin : il ne peut parler qu'avec la famille de la jeune femme. Il attend son mari ou sa belle-mère pour leur expliquer la situation.

Pour l'instant, il se tient près du lit et prend la main de Fatimah avec douceur pour ne pas blesser davantage cette peau meurtrie. Elle est inconsciente, mais il sait que certaines personnes, dans cet état, entendent et comprennent les paroles qu'on leur adresse.

« Fatimah, je m'appelle Omar, je suis le médecin qui s'occupe de toi. Je ne sais pas ce qui t'est arrivé, on en parlera plus tard, si tu veux. Pour le moment, il faut que tu te battes pour vivre. Il faut que tu luttes. Moi, j'ai fait ce que je pouvais, mais j'ai besoin de toi. Seul, je ne peux pas te sauver. Accroche-toi, tu as des enfants qui cherchent leur maman, qui attendent que tu vives. Je resterai là toute la nuit, pas loin de toi. Je viendrai régulièrement te voir, te parler, soulager ta douleur. Je ne te laisse pas, sois rassurée. »

Omar s'interrompt.

Du bruit lui parvient de l'extérieur. Les femmes, les voisines se sont rapprochées.

« Fatimah, on est là, on ne te lâche pas ! On est plusieurs à être venues. On est avec toi. Tu dois leur montrer que tu es plus forte que tout. »

Une des femmes se met à chanter. Son timbre, très pur, s'élève. Puis d'autres voix se joignent à elle. Trois, puis cinq, puis une vingtaine... doucement, très doucement.

Omar écoute. Ces voix pénètrent son cœur, apaisent son âme. Il y a une telle solidarité dans cet élan musical qu'il en est ému et espère que Fatimah reçoit elle aussi ce chant.

Le médecin ignore comment la nuit va se passer. Fatimah sera-t-elle encore en vie au matin? Il ne peut que l'espérer, tout en se disant, comme chaque fois qu'il sauve une de ces femmes meurtries, que certes, il maintient la vie, mais à quel prix? Pour quels résultats? C'est une longue suite d'épreuves qui attend Fatimah, si elle survit. Omar le sait, et parfois il n'est pas fier de lui.

Mais il n'a pas le choix, il est médecin, au service des autres. Alors il va tout faire pour sauver Fatimah, comme Bada et Awira.

La nuit est tombée, il est 21 heures. Omar fait une pause dans le bureau des soignants quand l'infirmier Karim frappe à la porte.

«Omar, tu as de la visite. Le mari et le beau-père de Fatimah sont là.

— J'arrive, je vais leur parler.»

Dans la salle d'attente, deux hommes sont assis, à patienter. Le plus jeune doit avoir trente ans, très brun, mince, les cheveux presque ras, il a l'air affolé. Peut-être a-t-il pleuré, en tout cas ses yeux brillent.

À côté de lui, un homme d'une soixantaine d'années, dont la barbe, la moustache commencent à blanchir. Un turban est enroulé autour de son crâne. Il discute avec le jeune, semble essayer de le calmer.

Omar s'avance.

«Bonsoir, je suis le chef du service de réanimation. C'est moi qui m'occupe de votre femme, dit-il en s'adressant au plus jeune.

— Jalal. Oui, bonsoir, docteur. Comment va ma femme ? Vous allez la sauver, n'est-ce pas ?

— Venez avec moi, je vais vous expliquer. »

· Jalal et le beau-père de Fatimah suivent le médecin jusqu'à son bureau. Ils s'installent tous les trois et aussitôt Jalal répète la question :

« Dites, vous allez la sauver, ma femme, n'est-ce pas ? Qu'est-ce que je deviendrai sinon avec les petites, moi ? »

Patiemment, calmement, Omar leur explique la situation : il leur décrit la gravité de l'état de Fatimah, bien sûr, mais aussi les espoirs qu'il conserve. Il le fait pour rassurer ce mari implorant, et pour que Fatimah garde une place bien vivante dans le cœur de sa famille. Il ne faut pas renoncer. Si elle survit, il faudra qu'elle retrouve son statut de mère, d'épouse.

Jalal lui pose encore des questions, le beau-père ne dit rien. Quand il se manifeste, c'est pour s'adresser à son fils : « Il faut rentrer maintenant. »

Le jeune homme se lève alors, serre la main d'Omar d'une façon pressante, comme s'il lui confiait sa femme. Il le regarde droit dans les yeux, suppliant. Puis se détourne.

Les deux hommes quittent le bureau. Ils n'ont pas demandé à voir Fatimah, n'ont pas dit quand ils reviendraient.

Ému par la solitude de la jeune femme, Omar retourne en réanimation pour la voir. Elle semble dormir. Son pouls est régulier, un peu rapide mais pas inquiétant. Sa température est stable.

Le médecin vérifie que tout est en place, que le goutte-à-goutte fonctionne bien. Il pose les doigts sur les pansements qui recouvrent la main de Fatimah, exerce une légère pression pour qu'elle sente sa présence et lui dit : «Ton mari est venu, Fatimah. Il s'inquiète beaucoup pour toi. Il m'a dit de veiller sur toi. Je vais le faire, c'est promis.»

Il regarde un instant ce visage de momie, puis fait le tour des deux autres lits du sas pour s'assurer que Bada et Awira vont bien et quitte la pièce.

La garde commence, la nuit va être longue.

2

2ᵉ jour, au village

Il est 19 heures. Dans une des dernières maisons du village, on ouvre enfin porte et fenêtres pour faire entrer un peu d'air frais.

Dans la pièce où toute la famille se réunit pour les repas, il y a Saywan, la mère de Jalal, les deux sœurs de ce dernier et Farah, sa fille aînée. À huit ans, Farah est déjà très grande mais maigre, avec des yeux noirs qui lui mangent le visage. Des yeux qui ont toujours l'air d'interroger, de chercher à comprendre. Saywan lui dit souvent : «Farah, tu es trop curieuse. Ça n'est pas bien, laisse ça aux garçons. Tu ne t'attireras que des ennuis.»

Aujourd'hui pourtant, son regard est brouillé par les larmes qui ne cessent de perler, bien que Farah fasse tout son possible pour les retenir car elle a peur de la réaction de sa grand-mère. Et c'est comme ça depuis hier.

Quand elle est rentrée de l'école, elle s'est précipi-tée dans la maison pour annoncer à sa mère que le maître l'avait félicitée pour son attention. Mais à peine la porte franchie, elle a eu une impression bizarre. Le silence était lourd, palpable. Elle a marqué un temps d'arrêt, puis a appelé doucement : « Maman ? »

Rien, pas de réponse.

« Maman, tu es là ? »

Il était déjà arrivé que sa mère soit absente à son retour de l'école, mais elle ne s'en était jamais inquiétée. Cette fois-ci, c'était différent, elle a senti qu'il s'était passé quelque chose. Et puis il y avait ces murs noircis, et cette odeur flottant dans l'air, une odeur de brûlé, de kérosène.

« Baba ? »

Baba, c'est ainsi qu'elle appelle sa grand-mère. Une grand-mère qu'elle chérit et qu'elle craint. Baba est dure, peu encline aux câlins, mais elle raconte tellement bien les histoires. Saywan est incollable sur Mustafa Kemal Atatürk ; grâce à Baba, dont c'est l'idole, il est le héros des histoires qui permettent à l'enfant de s'endormir en rêvant.

Baba est arrivée en trottinant – elle est si lourde qu'elle ne peut plus marcher normalement. La poitrine généreuse, les hanches incroyablement larges, les pieds enflés au point que seuls les chaussons découpés les acceptent, Baba est énorme. Farah a entendu dire qu'elle était jolie femme, autrefois, mais elle a du mal à le croire.

Ce soir, Baba a son regard froid des mauvais jours, celui qui n'annonce rien de bon.

« Farah, viens aider pour le dîner. Après tu feras tes devoirs. Et surveille Leila.

— Et Maman, elle est où ?

— À l'hôpital. Elle est malade.

— Mais... elle rentre quand ?

— Arrête de discuter et va aider tes tantes. »

Farah a pourtant mille questions à poser : pourquoi sa maman est-elle à l'hôpital ? Est-ce qu'elle a mal ? Quand pourra-t-elle la voir ? Est-ce qu'elle va mourir ? Pour aller à l'hôpital, il faut que ce soit grave, non ? D'ailleurs, personne de la famille n'y est jamais allé. Et d'abord il est où, cet hôpital ? Et comment Maman y est-elle allée ?

Mais la petite fille se tait. Sa grand-mère la regarde tellement sévèrement, comme si elle avait fait une bêtise. À moins que ce ne soit sa maman qui ait fait une bêtise ? Mais les mamans ne font jamais de bêtises. Alors quoi ?

« Et ne pleure pas ! »

L'injonction arrive alors même qu'elle sent sa poitrine se gonfler et les larmes monter. Elle fait de son mieux pour empêcher l'explosion imminente.

« Oui, Baba », dit-elle d'une petite voix, le menton tremblant.

Et elle épluche les légumes, puis fait ses devoirs tout en gardant un œil sur sa petite sœur, Leila, qu'elle chérit tant. Sa petite sœur née juste un an après la mort de Firouz.

Il avait trois ans quand c'est arrivé, par une fin d'après-midi très chaude.

Maman étendait le linge, derrière la maison. Papa et son oncle étaient au travail. Baba somnolait. Farah jouait à côté de Maman quand un grand cri avait retenti. Un hurlement, celui de Firouz, mêlé à des aboiements furieux. Puis plus rien, le silence. Maman s'était précipitée, Farah avait voulu la suivre, mais d'un geste Maman l'en avait empêchée.

« Non, Farah, reste ici. »

Comme si elle avait su que ce cri unique puis ce silence ne pouvaient annoncer qu'une catastrophe.

Après, il y avait eu les pleurs terrifiants de Maman, les gémissements de Baba, puis des femmes venues des maisons voisines. Enfin, les hommes. La cour avait été envahie de monde.

Il y avait eu un coup de feu, un aboiement, comme une plainte, un second coup de feu, puis plus rien.

Farah avait essayé de se faufiler, de passer entre les jambes des voisines pour voir, pour comprendre. Mais personne n'avait voulu la laisser passer. Personne ne lui avait rien expliqué non plus jusqu'à ce qu'une des voisines vienne la chercher. Elle l'avait prise par la main et, se penchant vers elle, lui avait dit : « Farah, c'est un grand malheur qui est arrivé. Ton petit frère est mort. Il faut que tu sois courageuse, pour ta maman. Ce soir tu vas venir à la maison, Fidan y est déjà. Vous resterez quelques jours et après vous pourrez rentrer chez vous. Mais il ne faudra plus jamais parler de Firouz, ni même prononcer son nom. D'accord ? »

Farah avait acquiescé : « D'accord. » Elle était restée quatre jours chez la voisine avec sa petite sœur puis était revenue. Maman l'attendait, l'avait serrée très fort contre elle, sans un mot. Farah non plus n'avait rien dit. Ensuite Maman avait câliné Fidan, mais la petite fille ne semblait pas avoir compris ce qui s'était passé – pauvrette, elle n'avait que quatre ans. Et puis la vie avait repris son cours. Mais ça n'était plus comme avant.

Maman était tout le temps triste. Elle se cachait souvent pour pleurer. Elle restait silencieuse, mais par moments elle s'éclipsait et Farah voyait bien qu'elle avait les yeux rouges quand elle revenait. Et elle ne chantait plus jamais quand elle préparait le repas. Puis, lorsque Maman lui avait annoncé qu'elle allait avoir un bébé, la joie était revenue. Et depuis que Leila était née, Farah veillait sur elle dès qu'elle était à la maison – bien que deux ans se soient écoulés, elle a toujours peur qu'une autre catastrophe n'arrive.

C'est pour ça qu'hier, en faisant ses devoirs, elle avait bercé Leila.

Elle était fatiguée, elle avait faim, mais il avait fallu attendre le retour des hommes ; son père, son grand-père, son oncle n'étaient rentrés que passé 21 heures. Eux aussi avaient un air sombre. Farah n'avait pas osé s'approcher d'eux, n'avait posé aucune question. Ils s'étaient assis, elle les avait servis, avait vite mangé puis était allée se coucher. Là, enfin, elle avait pu pleurer. Sans bruit, en se cachant sous la couverture pour ne pas alerter Baba. Ça avait levé un peu de ce poids qui écrasait sa poitrine. Elle aurait eu tellement besoin des bras de sa maman, sa maman qui savait si bien consoler. Quand allait-elle rentrer ?

« Maman, Maman, reviens, s'il te plaît », avait murmuré la petite fille en s'endormant.

Lorsqu'elle s'est levée ce matin, Maman n'était toujours pas là. Et personne ne parlait d'elle. Baba l'a rapidement expédiée à l'école, comme on se débarrasse d'un colis encombrant. Sur le trajet, Farah a cherché une trace de sa maman, quelque chose, un indice qui lui permette de comprendre ce qui s'était passé. En même temps c'était bête, elle le savait : que pouvait-elle trouver en chemin ? Sûrement pas des petits cailloux, comme dans l'histoire qu'un de ses oncles lui avait racontée un jour. Et pourtant, elle a fait tout le chemin tête baissée à chercher...

À l'école, elle n'a rien écouté, elle n'y arrivait pas. Toute la journée, elle s'est demandé comment reposer la question à sa grand-mère sans la fâcher. Mais, face au regard froid de Baba, elle était impuissante. Alors elle a attendu que le temps passe, que la cloche sonne et qu'elle puisse rentrer, vite parce que peut-être, quand elle passerait la porte de la maison, elle entendrait la voix de Maman, Maman qui serait sortie de l'hôpital.

Bercée par cet espoir, Farah est revenue en courant de l'école. Mais avant même de franchir le seuil, elle a su que sa maman n'était pas là, que ses bras n'allaient pas se refermer sur elle, qu'elle ne sentirait pas ses baisers si doux, comme un papillon dont les ailes lui chatouillaient toujours la joue et l'oreille. Du haut de ses huit ans, la fillette a ravalé son espoir cruellement déçu et est entrée dans la maison.

« Farah, viens voir ! »

C'est Baba qui l'appelle, ayant entendu la porte se fermer. Vite, Farah accourt, se demandant ce qu'elle veut lui dire. Lui donner des nouvelles, peut-être ?

« Oui, Baba.

— Viens nous aider pour le dîner. »

Le cœur gros, lourd, Farah s'approche. Dans la grande pièce, sa grand-mère et ses tantes préparent le repas.

Baba est en train d'allumer le réchaud. Une grosse casserole est posée dessus. Imen, la plus jeune sœur de son père, finit d'éplucher les légumes. Hanar, son autre sœur, découpe le poulet. Les herbes, les épices, le riz reposent à côté d'elle, dans de petites boîtes en terre de couleurs différentes.

« Mets les assiettes », dit Baba.

Dans un angle de la pièce, il y a des coussins. Dessus, un grand tissu. Farah le prend, le déplie et l'étale sur le sol. Loin du réchaud, parce qu'elle a toujours peur de se brûler – en plus, on étouffe à côté du feu.

Près des coussins, des assiettes sont posées sur un tabouret – en fait, ce sont de grands bols, empilés près des verres qui servent pour l'eau et le thé. Elle compte machinalement, un, deux, trois, quatre, cinq, six, sept, huit, neuf... Soudain son cœur se serre et elle ne peut retenir ses larmes. Vite, pour ne pas se faire gronder par Baba, elle range un des bols, dispose les huit restants sur le tissu et... renifle.

Malgré sa corpulence, Baba se retourne rapidement :

« Farah, tu veux que je raconte à ton père que tu te comportes comme un bébé ? »

Farah passe les deux mains sur ses yeux et répond :

« Non, c'est fini, promis, Baba. Ne dis rien. »

Il faut dire que Papa tape fort, quand il n'est pas content. C'est arrivé rarement parce que Farah est sage mais, une fois ou deux, quand elle n'a pas obéi assez vite, il a frappé et elle n'a oublié ni la douleur ni, surtout, l'humiliation. Pas question que cela se reproduise. Surtout aujourd'hui : elle sent bien qu'elle ne doit pas être un poids, qu'il faut qu'elle se fasse la plus petite possible. Tout doit être consacré à sa maman.

Farah ravale ses larmes et s'approche prudemment du feu pour voir si elle peut aider les femmes. Ses tantes s'affairent. Le poulet est dans la casserole, l'odeur des épices monte. Imen est en train de verser le riz.

«Finis de tout préparer et surveille tes sœurs», lui dit Saywan avec, tout de même, de la tendresse dans la voix. Elle avance une main comme pour apporter une caresse à la fillette, un geste doux qui lui réchaufferait le cœur, mais ne termine pas son geste. Baba a du mal à exprimer ses sentiments, on ne le lui a pas appris. Et puis elle a peur, par sa gentillesse, de provoquer les larmes de sa petite-fille. Or il faut que Farah tienne bon, droite et courageuse, comme elle.

L'enfant va chercher les verres et les pose devant les bols. C'est presque prêt.

Elle prend Leila dans ses bras, sort dans la cour et rejoint Fidan. Sa petite sœur de cinq ans s'applique à dessiner dans son cahier. Une petite sœur tellement silencieuse que parfois on en oublie sa présence. Farah s'approche d'elle, la soulève et l'installe sur ses genoux – un genou pour Leila, un pour Fidan. Elle se colle contre ses sœurs pour absorber un peu de leur chaleur. Elle les aime tant, elles sont comme les trois doigts d'une main. Si elle le pouvait, elle parlerait avec Fidan de Maman, pour partager un peu de son chagrin, de son inquiétude. On souffre moins quand on partage, non?

Mais c'est impossible, elle doit tout supporter toute seule. On n'a rien dit à sa sœur – enfin si, on lui a dit que sa maman était partie voir une cousine –, alors Fidan ne s'inquiète pas. Elle continue son dessin, un peu gênée par le câlin appuyé de son aînée. Une fois toute la page coloriée, elle réclame une histoire.

Farah lui raconte celle du lion généreux, c'est une de celles qu'elle connaît le mieux.

Et puis, tout à coup, Fidan échappe à sa sœur, se dégage de ses genoux et file à l'autre bout de la cour où le chien de la maison vient de rentrer. Le nouveau chien, celui qu'ils ont adopté après la mort de Firouz. Malgré la mort de Firouz. Car, à l'époque, il avait été décidé que plus jamais un chien n'entrerait dans la maison. Mais un jour, ce chien errant était arrivé, s'était installé devant la porte et avait fait les yeux doux à tout le monde. Fidan s'y était immédiatement attachée. Fatimah ne voulait pas le garder mais Baba avait plaidé la cause de l'animal, disant que jamais Firouz n'aurait été attaqué s'il n'avait pas embêté le chien. Et Fatimah avait cédé, pour le plus grand bonheur de Fidan.

Entre le chien et la petite fille, dans la cour, c'est parti pour un long moment de jeu. Leila, elle, s'est endormie. Farah est seule. Elle recouche sa petite sœur et, désœuvrée, retourne dans la maison.

En attendant de manger, elle se réfugie entre ses deux coussins, ses coussins à elle. Et elle pense à sa maman, essayant de se la représenter, priant pour qu'elle guérisse vite et rentre à la maison. Elle pense aussi très fort au bébé que sa maman attend. Personne ne lui en a rien dit, mais Farah a bien compris. Même si le ventre de Maman n'a pas changé, elle sait qu'il y a un bébé dedans. Elle le sent. Une fois de plus, elle s'est tue. Elle espère avoir un petit frère, mais si c'est encore une sœur, ce sera très bien aussi. Pourvu qu'il ne soit rien arrivé au bébé. Elle entame des prières pour eux deux, tout bas, et, sans s'en rendre compte, elle sombre doucement dans le sommeil.

La porte qui claque la réveille. Pas le temps de se bercer d'espoir, des voix masculines envahissent la pièce. Les hommes de la maison sont là, bruyants, ils ont faim.

Tout le monde s'assied par terre autour du tissu. Baba s'approche avec la casserole, remplit les bols. Le silence se fait, on mange. Puis les hommes s'interpellent :

«Demain il faut démarrer tôt, dit Jalal à son beau-frère. Le soleil sera vite haut.

— Oui, d'autant qu'il faut que j'aille récupérer du matériel à la fabrique avant de commencer.»

Tous deux sont maçons et travaillent actuellement sur le chantier d'une belle maison à la sortie du village, la maison de quelqu'un d'important. Farah en avait entendu parler mais elle a oublié de qui il s'agit, et bien sûr elle ne peut se mêler à la discussion.

«Je vous préparerai le déjeuner si vous ne pouvez pas rentrer, leur propose Baba.

— Merci, Maman», dit Jalal.

Il a bien de la chance d'avoir sa maman avec lui, pense la petite fille. Et la sienne? C'est comme si elle n'avait jamais existé. Farah voudrait savoir si quelqu'un a pris de ses nouvelles aujourd'hui. Si elle va rentrer bientôt. Mais à qui poser la question? Quand, et comment?

Elle se sent si seule, si désarmée, abandonnée.

3

15ᵉ jour, à l'hôpital

Au bout du long couloir qui abrite les femmes brûlées, la chambre nᵒ 23.

Il y fait chaud, le silence est total. Dans l'unique lit, un corps qui ressemble à une momie. Fatimah dort. Allongée sur le dos, seule position qu'il lui est pour l'instant possible d'adopter, elle s'est évadée, un temps, de ce quotidien si douloureux.

Cela fait deux semaines qu'elle est là. Des premiers jours, elle a tout oublié. On l'avait placée dans un coma artificiel pour qu'elle ne souffre pas. Puis les médecins ont allégé les doses d'opiacés et depuis lors, elle alterne de longues et heureuses phases d'absence et de courts moments d'éveil... et de souffrance.

Dès qu'elle émerge de sa somnolence, la douleur est présente. Brûlures, démangeaisons, tiraillements, cette douleur ne la lâche pas, s'accroche à sa chair, sur tout le devant de son corps. Pourquoi elle ? Pourquoi tant de souffrances ? Pour combien de temps encore ?

Et puis il y a les soins. Tous les deux jours, il faut refaire les pansements. Décoller les mètres de gaze qui l'enveloppent, tout nettoyer dans un bain, puis remettre de la crème sur les plaies avant de les recouvrir de nouveau de bandages. Heureusement, juste avant, elle a droit à sa dose de morphine – c'est comme ça qu'elle y pense : «ma dose». Une drogue qui atténue la douleur mais pas l'angoisse : quand les pansements sont retirés, Fatimah ne peut s'empêcher de regarder ce qui subsiste de sa peau, autrefois lisse et ferme, et qui n'est plus que plaies affreuses, rouges, marron, noires, toutes à vif. Et ça ne sent pas bon du tout.

Elle ne peut voir son visage mais elle sait bien que plus jamais elle ne sera celle qu'elle a été. Il lui brûle, lui démange ; est-ce que quelque chose a été épargné ? Oui, ses yeux, puisqu'elle voit. Mais elle a tant de mal à fermer les paupières, elles sont comme du carton. Et que reste-t-il de son nez, de ses oreilles, de son front, de ses cheveux ? De son sourire, qu'elle réservait à ses petits et, à une époque, à son mari ? Elle voudrait se voir et en même temps cela la terrifie. Osera-t-elle affronter un miroir quand elle en aura le droit ? Et, pire, le regard des autres ?

Dans son village, il y a déjà eu une fille brûlée. Elle était jeune, seize ans tout au plus, Fatimah la connaissait assez bien. Un jour, parce qu'elle avait raté ses examens et qu'elle avait peur de décevoir son père, elle s'était aspergée d'essence et avait craqué une allumette. Fatimah n'était pas là, mais on lui avait raconté que c'était affreux.

Fatimah était trop jeune pour aller la voir à l'hôpital, c'était trop loin pour elle et personne ne voulait l'emmener. Alors elle demandait de ses nouvelles à la famille. Oui, elle allait survivre. Oui, ça allait mieux. Chaque fois les nouvelles étaient meilleures. Et puis un jour, presque un an après le drame, elle était revenue, discrètement. Fatimah s'était empressée d'aller embrasser son ancienne amie. Et là, quel choc ! Elle avait tout fait pour que cela ne se voie pas, mais n'avait pas pu s'empêcher de marquer un temps d'arrêt à la vue de cette jeune fille repliée sur elle-même et entièrement dissimulée sous son voile.

Impossible de voir dans quel état était son corps ; même ses mains étaient invisibles, masquées par les vêtements. Mais le voile ne pouvait cacher tout le visage. Les yeux aux paupières brûlées étaient bordés d'épaisses cicatrices rouges. Le nez n'était plus qu'une mince bande de peau durcie, une des oreilles avait pratiquement disparu, et tout était zébré de cicatrices.

Surmontant sa peur et sa répugnance, Fatimah s'était approchée de son amie et avait avancé la main, désireuse d'apaiser cette souffrance si manifeste. La jeune fille avait reculé, l'avait fixée et, de ses yeux désespérés, une larme jaune, épaisse, avait coulé. Jamais elle n'avait pu oublier cet instant.

Elle y repense sans cesse désormais, parce qu'elle a peur d'être défigurée elle aussi. Ce visage avait provoqué chez elle de l'effroi mais il lui avait surtout fait l'effet d'un masque derrière lequel elle avait recherché en vain son amie. Elle n'était parvenue à retrouver aucune de ses expressions, ni même son regard. Et c'est ce qui la terrifie : l'idée que ses filles puissent avoir peur de sa nouvelle apparence et ne pas la reconnaître lui donne envie de hurler de détresse.

Pourtant, c'est pour ses filles qu'elle tient. Pour sa grande, si sage, si raisonnable, si mûre aussi depuis la mort de Firouz, son soutien, comme elle l'appelle, sa Farah. Pour Fidan aussi, son trésor, sa câlinette, sa petite fille qui parle si peu mais demande tellement d'affection. Et son bébé, Leila, qui a tout juste un an.

Elle ne peut pas les abandonner à ce monde d'hommes. Elle seule peut les protéger. Il faut qu'elle vive, quel qu'en soit le prix à payer.

Durant ces quinze jours, quand la douleur se faisait trop intense, la pensée de l'avenir trop effrayante, elle a été tentée de lâcher. Se laisser aller, accepter le chemin qui s'ouvrait devant elle : le repos... éternel. Mais un instant plus tard, son courage, sa force, sa droiture reprenaient le dessus. Malgré les épreuves à venir, il fallait tenir, et c'est ce qu'elle a fait.

Une pensée, également, ne lui laisse aucun répit. Qu'est-il advenu du bébé qu'elle portait ? Du bébé de la honte qu'elle commençait quand même à aimer ? Elle ne sent rien dans son ventre. Comme un grand vide.

Elle voudrait y poser les mains, chercher un signe de cette vie qui mûrissait en elle, mais elles sont couvertes d'énormes bandages qui la privent de toute sensation.

Elle pourrait demander, bien sûr, mais elle a tellement honte qu'elle n'ose pas. Et elle reste avec cette lancinante question : est-il encore là, ce petit être que j'ai haï si fort et que maintenant je souhaite tant voir croître et naître ?

Alors, elle ne demande pas de miroir pour se voir, elle ne demande pas si son bébé est en vie, elle ne demande pas non plus si quelqu'un s'intéresse encore à elle au village – elle a trop peur des réponses.

Elle tente de ne pas y penser, s'accroche à Omar qui, lui, s'occupe et se préoccupe d'elle. Il lui dit que, malgré tout, elle a eu de la chance. De la chance ? Mais oui, celle, finalement, de survivre.

Car Bada et Awira, qui étaient elles aussi dans le sas de réanimation au début, sont mortes toutes les deux, Awira la première nuit, Bada quatre jours plus tard. Elle l'a su par Omar.

Omar qui lui dit aussi qu'il l'admire, que tant de courage force son admiration. Fatimah ne comprend pas : pour elle, toute femme dans sa situation réagirait comme elle. Ce n'est pas du courage. Vouloir guérir après un accident, une maladie, même avec des séquelles, même si la vie ne sera jamais plus la même, c'est humain. Certains se plaignent plus que d'autres, certains ressentent plus la douleur, certains ont besoin de plus de soutien, mais il est normal de se battre.

Ce qui est courageux, c'est d'accepter... la vie qui a basculé, les souffrances, et surtout l'avenir, transformé à jamais, et un très long chemin vers la reconstruction.

Aujourd'hui, sur son chemin, il y a une nouvelle greffe. Ce geste, impressionnant à voir, est pourtant indispensable dans l'immédiat, parce qu'il faut recouvrir de peau vivante toutes ces zones mortes. Mais aussi parce que cette nouvelle peau sera moins carton-neuse, moins figée que la peau brûlée, donc moins douloureuse.

Omar maîtrise très bien cette technique. Ce sont des confrères venus de l'étranger, de France notamment, qui l'ont formé, ainsi que son équipe. Il sait prélever de très fines bandes de peau saine grâce à une sorte de râpe, puis les étirer en les passant dans un appareil pour obtenir trois, quatre fois la surface prélevée. Ensuite, replacer délicatement ce tissu sur la zone détruite, l'agrafer, et recommencer encore et encore, tant qu'il reste des zones épargnées où l'on peut préle-ver de quoi recouvrir ce qui a été brûlé. C'est ainsi qu'on sauve les grands brûlés. Au prix, certes, de souf-frances importantes, mais il n'y a aucune autre solution.

Fatimah le sait. Omar lui a bien expliqué le parcours qu'elle va devoir suivre, tout ce qu'elle va devoir sup-porter. Il est comme ça, Omar, droit, carré, honnête. Et précis. Il considère qu'elle sera mieux armée pour tout endurer si on lui dit les choses. Et elle l'approuve, ses mots l'aident. À supporter. À regarder devant.

Avant l'opération, le médecin vient la voir :

« Fatimah, bonjour. »

Aujourd'hui, elle ne répond pas. Immobile dans son lit, elle garde les yeux fermés. Elle est éreintée, n'en peut plus de souffrir. À quoi bon ?

« Il faut y aller, tu le sais...

— ... »

Omar s'approche d'elle, s'assied sur le bord du lit, lui prend la main – enfin, les deux doigts qui émergent des bandages –, les caresse doucement.

« Parle-moi, Fatimah, dis-moi ce que tu as.

— ...

— Je sais que tu ne peux pas tout confier à un homme étranger aux tiens, mais on peut parler. Tu as mal ? Tu en as assez ? Tu veux voir ta famille ? Ton mari ? »

Ce dernier mot fait tressaillir Fatimah, qui semble se renfermer encore plus sur son silence.

« Tu sais, Fatimah, il est revenu, ton mari, depuis le premier soir. Trois fois déjà, mais tu n'étais pas en état de le voir. Je l'ai reçu, lui ai expliqué comment tu allais, ça l'a vraiment rassuré. »

Une réaction de révolte cabre le corps de Fatimah, avant qu'il ne replonge dans l'immobilité.

Omar est perplexe. Il sent bien que ce corps veut lui dire quelque chose, mais quoi? Comment des mots pourraient-ils franchir ces lèvres farouchement closes?

Il l'observe. C'est incroyable, mais ce corps si abîmé, presque entièrement masqué par des bandages, paraît se figer dans la dignité. Il sent une fierté qui émane de Fatimah, une fierté blessée mais bien présente. Et une rage – oui, il en est sûr, cette immobilité est pleine de colère. Contre qui? Contre quoi?

Omar comprend qu'un jour il faudra aider Fatimah à se libérer de cette violence qu'elle porte en elle. Mais pour le moment il faut guérir son corps. Il est médecin, c'est son premier devoir.

«Fatimah, comprends-moi. Je sais que tu souffres, dans ton corps et dans ton cœur. Je voudrais pouvoir te laisser tranquille. Mais je n'ai pas le choix, je veux te donner toutes les chances de retrouver une vie normale. Et cela passe par les greffes, tu le sais. On en a programmé une aujourd'hui, c'est le bon moment. Ta peau cicatrise bien, on avance, je te le promets. Laisse-moi travailler et aide-moi, s'il te plaît. Fais cet effort. Dans quelque temps, nous t'aiderons à aller mieux.»

Il parle doucement, d'une voix apaisante.

Lentement, Fatimah ouvre les yeux. Ils sont pleins de larmes, des larmes épaisses qui ne coulent pas, qui font mal à voir.

«Allons-y», dit-elle d'une toute petite voix.

Omar voudrait la prendre dans ses bras, la serrer contre lui pour qu'elle ne souffre plus. Il sent tellement sa détresse. Et sa fierté. C'est ce mélange qui fait qu'il s'attache à elle plus qu'à aucune autre de ses

patientes, pourtant si semblables. Elle n'est pas seulement un corps brûlé, une femme blessée dans sa chair.
Elle est meurtrie au-delà de ça.

« Merci, Fatimah », dit-il en exerçant une pression
un peu plus forte sur ces deux doigts qui sont son seul
contact avec le monde, si ce n'est son regard noir,
intense, malgré les brûlures. « Vous pouvez l'emmener, annonce-t-il aux deux brancardiers qui attendent
devant la chambre, je vous rejoins au bloc. »

Ses yeux ne quittent pas ceux de Fatimah jusqu'à ce
qu'elle ait franchi la porte, comme pour lui insuffler
de la force. Il repense aux réactions de la jeune femme
quand il lui a parlé de son mari. À ce qu'il lui a dit, et
surtout à ce qu'il a tu.

À chacune des trois visites de Jalal, Omar lui a
certes fait un point sur la situation. Mais cela n'a pas
rassuré le jeune homme. Bien au contraire. Il avait
l'air d'attendre autre chose que ces « Elle va mieux.
Elle souffre beaucoup mais est très courageuse.
Patience, elle reprendra un jour sa place à vos côtés ».
Mais quoi ? Que voulait-il entendre ?

Cela a tracassé Omar, bien sûr, pourtant il a tellement
de travail, tant de patients, qu'il est passé à autre chose.
Il s'en veut aujourd'hui. *La prochaine fois*, se dit-il, *je
passerai plus de temps avec lui*. Et il se fait la promesse
de comprendre un jour la détresse de Fatimah.

Réconforté par cette idée, le médecin se lève et se
dirige vers le bloc opératoire où l'attend sa patiente.

4

20ᵉ jour, au village

Vingt jours déjà que Fatimah est hospitalisée. Vingt jours que son absence pèse toujours plus lourd dans le cœur de Farah.

Au début, elle a demandé de ses nouvelles. Sans succès. Papa, Baba prenaient leur air fermé, la fusillaient du regard et passaient leur chemin.

Pour Farah, c'était insupportable. Il s'agissait tout de même de sa maman ! Pourquoi refusait-on de lui répondre ?

Les jours passant, son inquiétude et son manque ne faisaient qu'augmenter. Alors elle a essayé d'écouter les discussions du soir. Censée être couchée, elle se relevait et collait discrètement son oreille contre le mur de la grande pièce où les hommes et Baba étaient encore assis, ses tantes étant parties faire la vaisselle dans la cour.

Mais rien. Soir après soir étaient évoqués le travail de son père, les soucis d'un voisin, les jambes de Baba qui la faisaient souffrir, mais personne ne parlait de Fatimah.

Et puis, un jour, sa patience avait été récompensée. Il était tard, Farah était fatiguée mais elle avait senti, aux sons des voix qui baissaient, que quelque chose d'important allait être dit. Elle avait un peu plus collé son oreille contre le mur et entendu son père dire ces mots :

« Je suis allé à l'hôpital aujourd'hui. »

Elle avait cru défaillir. Enfin elle allait savoir comment allait sa maman, et surtout quand elle allait revenir ! Elle s'était faite encore plus silencieuse que d'habitude. Si elle avait pu se fondre dans le mur pour se rapprocher encore, elle l'aurait fait. Elle avait attendu la suite, le cœur battant. Mais Baba avait parlé si doucement qu'elle n'avait pas compris la question posée à son père. Seule la réponse lui était parvenue :

« Malheureusement oui. »

Malheureusement oui quoi ? Malheureusement elle était très malade ? Malheureusement elle n'allait pas revenir tout de suite ? Malheureusement, peut-être... elle allait mourir ? À cette seule pensée, Farah sentait comme une grosse boule dans sa gorge qui l'empêchait de respirer. Mais non, une maman ça ne meurt pas, surtout quand ça porte la vie. Et si c'était justement à cause du bébé que Maman était à l'hôpital ? Ce bébé dont personne n'avait jamais parlé, pas même Maman d'ailleurs. À moins qu'elle ne se soit trompée. Mais non, elle en était sûre : un petit frère ou une petite sœur grandissait dans le ventre de sa maman.

Elle était restée là, mais n'avait plus perçu que des murmures inaudibles. Jusqu'au moment où Papa et

Baba s'étaient levés. Vite, elle avait filé retrouver ses sœurs et s'était couchée, fermant les yeux pour faire croire qu'elle dormait. Elle avait mis longtemps à s'endormir.

Les soirs suivants, elle avait guetté de nouvelles informations, en vain. Alors, n'en pouvant plus, un matin, avant de partir à l'école, elle avait réuni toutes ses forces et s'était dirigée vers son père : «Papa, tu m'emmèneras voir Maman un jour à l'hôpital ? »

La réponse avait été sèche : «Non.» Et un non qui n'admettait pas de discussion.

Pourtant, elle avait réessayé. Elle était si triste qu'avant-hier elle s'était avancée vers lui quand il était rentré du travail. Elle avait voulu l'embrasser mais il l'avait repoussée. Elle avait hésité mais n'avait pas tenu : « S'il te plaît, Papa, je voudrais voir Maman, elle me manque tant. »

Alors il l'avait attrapée par le bras, avait serré tellement fort qu'elle en a encore un bleu aujourd'hui, et lui avait dit : «C'est la dernière fois que tu me poses cette question, Farah. Je t'ai dit non, c'est non, et ce sera toujours non. Tu as bien compris ? »

Cette dernière phrase, il l'avait criée en la regardant avec un air si méchant qu'elle avait eu peur.

«Je n'ai pas entendu : tu as compris, oui ou non ? Tu comptes me reposer cette question ? Farah, j'attends ! »

Incapable de parler, elle avait fait oui puis non de la tête. Il l'avait lâchée, elle était partie se réfugier contre ses coussins. Elle avait mal au bras et se sentait seule, si seule. Il avait continué à crier : «Et occupe-toi de Leila, au lieu de pleurnicher ! Rends-toi utile ! Tu n'entends pas que ta sœur crie ? »

C'était vrai. Dans sa peine, elle avait oublié sa petite sœur. Leila pleurait, sûrement à cause des éclats de voix de Jalal. Alors, malgré son chagrin, Farah était allée chercher Leila, l'avait prise contre elle, et l'avait câlinée en lui chuchotant à l'oreille : «Chut, tout va bien, je suis là. Ma douce. Ma doucette.»

Très vite Leila s'était calmée et Farah s'était résignée, le cœur lourd.

Deux jours avaient passé. Comme promis, elle n'avait plus rien demandé à son père. Elle observait sa grand-mère, ses tantes. Avaient-elles l'air tristes ? Est-ce qu'elles seraient comme ça, toujours en train de bavarder et même de chanter, si Maman était gravement malade ? Non, sûrement pas.

On ne voulait rien lui dire, d'accord, mais Maman allait certainement revenir bientôt, et tout recommencerait comme avant. Il fallait qu'elle le croie pour que cela se réalise. Alors le soir, quand elle se couchait, elle ne se relevait plus pour écouter son père discuter et épier la moindre nouvelle. Elle fermait fort les yeux, faisait apparaître le visage de Maman et murmurait : «Elle va revenir, tout va bien, elle va revenir, tout va bien.»

5

60ᵉ jour, hôpital de Souleymanieh

Fatimah est toujours dans la chambre n° 23. Cela fait deux mois qu'elle se bat contre la douleur, contre l'infection aussi. Il y a deux semaines, elle a eu de la fièvre, beaucoup, plus de 40 °C. Elle frissonnait compulsivement et était si fatiguée que, par moments, elle avait l'impression qu'un puits très profond l'attirait. Penchée au-dessus, elle en voyait, non le fond, mais la profondeur, immense ; c'était si tentant de se laisser basculer et de glisser pour tout oublier, se reposer enfin.

Mais vaillamment, chaque fois que ses yeux se fermaient, que sa conscience menaçait de l'abandonner, elle s'accrochait, des deux mains, au bord du puits. À la vie. Comme quand on est au fond de l'eau et qu'il faut donner un coup de pied pour remonter à la surface.

Quelle énergie il lui a fallu ! Toutes ces heures, toutes ces journées à se battre... Mais elle a été la plus forte : la fatigue, à un moment, s'est dissipée, la fièvre est tombée, elle a recouvré sa lucidité.

Omar lui a tout raconté : « Tu nous as fait peur ! On ne savait pas quel germe tu portais, juste qu'il n'était pas courant. Il a fallu te faire de nombreux prélèvements de peau, de sang, pour déterminer le responsable. Mais on a fini par trouver ! Cela fait deux semaines que l'on te traite et je crois qu'on a gagné. Enfin, *tu* as gagné. Le germe ne savait pas à qui il avait affaire en s'attaquant à toi ! » Et il y avait de l'admiration dans sa voix.

Aujourd'hui c'est un grand jour car les greffes sont terminées. Bien sûr, il y aura encore de la chirurgie pour reconstruire les zones les plus abîmées. Elle le sait, elle l'accepte. Mais ces maudites greffes, c'est du passé.

Une grande partie des bandages vont être retirés. Omar lui en a parlé hier, et elle attend sa visite. Son cœur bat plus vite que d'habitude sous l'effet de l'excitation, de l'angoisse aussi. Que va-t-elle voir ? Comment est-elle ? Que reste-t-il de la Fatimah d'avant ?

Deux coups à la porte. Omar entre, entouré de toute son équipe. Des assistants, des infirmières et d'autres personnes qu'elle ne connaît pas. Elle aurait préféré qu'il soit seul. À lui elle peut montrer ce qu'elle a dans le cœur – sans mots, avec le regard. Les mots, eux, viendront plus tard, peut-être.

« Fatimah, bonjour ! C'est le grand jour. Fini les greffes, on va passer à une autre étape...

— On va tout enlever aujourd'hui ?

— Non : on va tout regarder, avant de recouvrir ce qui n'est pas complètement cicatrisé. Et puis je vais t'expliquer ce qui va se passer. Vous pouvez y aller », dit-il en se tournant vers les infirmières.

Zorah et Nadya se sont approchées de son lit, ont soigneusement aspergé d'eau les pansements pour qu'ils se décollent facilement et, un à un, elles les ont ôtés. Fatimah sent des palpitations dans sa poitrine. Elle fixe Omar de peur de voir son corps, mais le médecin, pour une fois, ne la regarde pas dans les yeux. Il observe le travail des infirmières et ce que leurs mains dévoilent. La peau de Fatimah. Son travail depuis des semaines. Le résultat de ses greffes.

Il passe la main, touche, manipule les articulations raidies.

« C'est bien, Fatimah, très bien. Toi et moi, on a fait du beau travail, tu sais ? »

Il la regarde enfin et elle s'accroche à ce regard. Ce qu'elle y lit la rassure... un peu. Il a l'air vraiment content.

« Tu as mal, malgré les calmants ?

— Oui, un peu, c'est comme si j'avais des aiguilles sous la peau.

— C'est normal, c'est même bon signe, ce sont les nerfs qui repoussent. Tu vois, ta peau est mieux. »

Non, elle ne voit pas, elle ne veut pas regarder ses bras, ses jambes.

« Veux-tu voir ton visage, Fatimah ?

— Non ! »

Le cri a jailli. Un cri de refus et de colère. Elle en veut presque à Omar. Il sait à quel point elle redoute cette confrontation avec elle-même. Comment peut-il lui proposer cette épreuve alors qu'il y a dix personnes dans la chambre ? Comment ne comprend-il pas que ce geste, elle ne le fera que seule ? Elle sera la première à découvrir ce avec quoi elle devra désormais vivre, ce qui sera son premier lien avec les autres, ce que verront ses enfants quand ils pourront enfin la retrouver. C'est seule qu'elle pleurera, sûrement, qu'elle hurlera, peut-être. Et c'est avec lui qu'elle en parlera. Après. À lui et personne d'autre.

Omar a compris. Le regard qu'elle lui a lancé était si noir – de colère, de peine. Il a fait une faute, il l'a immédiatement senti. Il doit rattraper son erreur, et vite, s'il ne veut pas perdre sa confiance.

«Tu le verras plus tard, le jour où tu voudras, quand tu seras prête. Tu me le diras, je serai là, si tu le souhaites. Ce sera ton choix. Tu veux maintenant que je t'explique la suite des opérations?»

Le regard de Fatimah s'adoucit un peu.

«Oui.

— Sur certains endroits, on va remettre des pansements. Le reste, si tu es d'accord, on le laissera à l'air libre. C'est important pour la cicatrisation. Et puis surtout on va commencer la kinésithérapie. C'est avec Kamal que tu vas travailler.»

Un homme s'avance du fond de la chambre. Petit, tout en muscles, il respire la gentillesse. Son regard est si doux qu'on dirait celui d'une femme, d'une mère.

«Fatimah, bonjour. C'est moi qui vais m'occuper de ta rééducation. Tous les deux jours, tu viendras à la salle et nous ferons travailler tes articulations pour les assouplir. Je ferai beaucoup travailler tes mains pour que, quand tu seras rentrée chez toi, tu puisses t'occuper de tes enfants, faire la cuisine, t'habiller seule, tout ce qui est important pour que ta vie soit comme avant.»

À ces mots, le visage de Fatimah se ferme, ses yeux s'embuent. Elle retient ses larmes parce qu'elle ne veut pas montrer cette faiblesse, et puis ça fait si mal de pleurer. Mais quand elle entend parler d'une vie comme avant, elle ne comprend pas. Se moquent-ils d'elle? Ne savent-ils pas ce que c'est que d'être défigurée?

Kamal comprend tout de suite sa détresse. Ce n'est pas la première jeune femme brûlée qu'il soigne – pas la dernière non plus, malheureusement. Il sait le long, très long chemin qu'elle va devoir parcourir avant de rentrer chez elle. Un chemin fait de soins, assurément, mais aussi et peut-être surtout d'acceptation. Parce que, quoi qu'en pense Fatimah aujourd'hui, un jour elle retournera chez elle. C'est la vie. C'est son destin. Il faut donc qu'elle soit le plus armée possible, physiquement et moralement.

« Fatimah, je sais ce que tu ressens. Tu crois que je me moque de toi. Tu n'imagines même pas pouvoir rentrer chez toi, tu n'oses pas penser qu'un jour tu vas retrouver tes enfants, ton mari, ta famille. Tu as peur de cela. Mais tu verras, quand nous aurons bien travaillé ensemble, tu seras heureuse de les revoir tous. Et eux aussi seront heureux, évidemment. »

Fatimah l'écoute, mais ne répond pas. Elle laisse ces paroles s'inscrire en elle; elle y réfléchira plus tard, seule.

« Ce que je voulais te dire encore, Fatimah, c'est qu'à la fin de chaque séance de rééducation, je te masserai. Pour assouplir ta peau, atténuer les douleurs. Ça te fera du bien, tu verras. »

Malgré les mots qui l'ont blessée, Fatimah sent que quelque chose passe entre ce petit homme et elle. Un lien. Elle doit pouvoir lui faire confiance, même s'il est un homme. Il lui veut du bien, en tout cas c'est ce qu'elle ressent. Et elle parle, enfin.

« Merci. »

Ce « merci » touche Kamal. À chaque patiente, c'est comme un accord, et il est indispensable pour pouvoir démarrer le long travail qu'ils vont faire ensemble. Surtout avec une femme aussi fermée que Fatimah, comme verrouillée par un cadenas qui l'empêche d'avancer.

« Alors, on commence demain ? demande Kamal.

— Oui. »

La visite est terminée. Tous se dirigent vers la sortie.

Omar, lui, marque un temps et s'approche du lit où Fatimah est maintenant assise. Discrètement, conscient d'être au bord de l'inconvenance, il avance la main, effleure rapidement les doigts libérés de tout pansement, d'une légère caresse. Il la regarde brièvement et file rejoindre ses collègues.

Fatimah reste seule avec les deux infirmières, qui rapprochent le chariot de soins de son lit. Elles vérifient qu'il y a suffisamment de crème, de compresses, de bandes. Et, tout en papotant des enfants, de la ville, du marché, elles recouvrent les dernières zones de peau non cicatrisées.

Fatimah s'extrait de ce bavardage, elle voudrait qu'elles soient déjà parties. Elle a des choses extrêmement importantes à faire.

Une demi-heure plus tard, les soins sont enfin terminés. Les infirmières enlèvent leurs gants en latex, les jettent dans la poubelle.

« Au revoir Fatimah, à demain. Appelle-nous si tu as besoin de quelque chose. »

Fatimah écoute le bruit de leurs pas décroître dans le couloir. Quand le silence est revenu, elle se lève, attrape une chaise et l'installe devant la porte de façon à en bloquer l'ouverture.

Tout est clair dans sa tête. Elle sait ce qu'elle doit faire, et dans quel ordre.

Elle s'allonge sur le lit. Doucement, elle baisse son pantalon. Puis commence à remonter sa blouse. Les pansements ont disparu, le ventre est libre, nu. Sa main tremble, elle remonte un peu plus le tissu, mais elle a si peur que sa vue se trouble. Elle essaie de respirer normalement, se concentre et observe. La peau est rouge, couverte de cicatrices, mais elle ne voit rien, pas de renflement, pas de mouvement. Le ventre, si abîmé, est plat, immobile. C'est impossible ! Deux mois déjà qu'elle est là, deux mois de plus pour son bébé, il aurait dû grossir, se manifester.

Elle avance la main, retient son souffle, s'oblige à poser cette main sur son ventre. À le caresser. À le presser. Ce contact lui répugne. Où est passé son ventre si doux, si chaud, si lisse ? Alors qu'elle sent de nouveau les larmes monter dans sa gorge, un mouvement – oh, infime, comme une vague venue de très loin – affleure au creux de sa main. Rêve-t-elle ? Elle maintient sa paume bien à plat, tente par la pensée de lui donner le pouvoir de transmettre des sentiments et appuie un peu plus. Un nouveau mouvement, une nouvelle vague, comme des bulles qui remontent, chatouille sa peau. Est-il possible qu'il ait survécu ? Qu'il se soit accroché, pour elle ?

Si c'est le cas, elle lui fait le serment de s'occuper toujours de lui, de l'aimer au-delà de tout. Elle le lui dit à voix très basse : « Pardonne-moi de ne pas t'avoir aimé dès le premier jour. Pardonne-moi d'avoir voulu ta mort. Pardonne-moi de t'avoir mis en péril. Je t'aime, accroche-toi, mon tout-petit. C'est ta maman qui te parle. Mon tout, tout-petit à moi, rien qu'à moi. »

Elle sent encore une fois, deux fois, ces minuscules coups qui viennent de son ventre. Elle laisse enfin ses larmes monter, envahir ses yeux. Ces larmes qui brûlent son visage détruit et qui la purifient. Qui la lavent de l'affront, de la blessure, de l'horreur de sa vie. Ces larmes qui lui disent qu'un avenir est possible.

Mais cet avenir dépend de ce qu'elle va maintenant affronter. Son image. La femme qu'elle est devenue. La mère que verra son enfant.

Elle se rhabille, se lève, secouée de frissons. Elle retire la chaise qui bloque la porte de sa chambre et sort. Au milieu du couloir, il y a la salle de repos des infirmières. Une table, des chaises, une cafetière et... un miroir. L'objet tant redouté des malades de ce service de soins continus.

La salle est vide et Fatimah observe, de loin, ce miroir dont dépend la suite de son existence. C'est lui qui détient les clés de l'avenir, la réponse à tant de ses questions.

Elle se dirige vers lui en faisant un crochet pour ne pas lui faire face. Tant qu'elle n'est pas arrivée, elle ne veut rien voir.

Mais il n'y a plus d'échappatoire. L'épreuve est là.

À cet instant, le courage lui manque. Et si elle retardait ce moment de vérité ? de quelques jours ? quelques semaines ?

Non, ce n'est pas son genre de tricher avec la vie ; Fatimah a toujours tout affronté, la tête haute. Ce n'est pas maintenant qu'elle va courber l'échine. Cette force, elle la doit à ces petites bulles qu'elle a senties en elle tout à l'heure. À ce petit être qui s'est accroché.

Curieusement, elle ne pense pas à ses autres enfants. C'est ce tout-petit qui l'obsède. Parce qu'elle éprouve de la culpabilité envers lui.

«Donne-moi ta force, s'il te plaît. Aide-moi. Pour toi.»

Elle sent de nouveau ce léger frisson dans son ventre. C'est lui, il la porte. Elle ne peut plus reculer.

Fatimah lève la tête. Ouvre les yeux. Regarde.

Face à elle, un voile qui protège les cheveux et recouvre le cou encore porteur de pansements. Laissé nu, son visage. Ce qu'il en reste.

La peau est zébrée de cicatrices. Tout est épaissi, figé, on dirait du carton. Différentes couleurs s'affrontent. Les sourcils ont disparu. Les paupières sont dures, rigides, dépourvues de cils. Une sorte de liquide blanc, épais, installé sous l'œil, pèse sur la paupière inférieure et la fait pendre. Là où était son nez, si fin, si joli, il ne reste quasiment rien, on ne voit que les trous des narines. Les lèvres sont amincies, le feu a détruit les tissus rosés. Seul le menton a gardé sa forme arrondie. Mais pas sa peau lisse.

Fatimah écarte un peu les bords du voile. Une oreille est intacte, l'autre amputée d'une partie de son cartilage. Vite, elle rabat le voile.

Écarte un peu les lèvres, esquisse une grimace et voit ses dents, blanches, bien alignées. Le feu n'a pas franchi la barrière des lèvres.

Encore un effort. Le plus dur. Le dernier. Elle s'oblige à lever le regard, pour que celui-ci aille à la rencontre des yeux qui lui font face dans le miroir. Ses yeux. Son regard.

Oh, non! Ce regard si triste, derrière lequel on sent toute la souffrance subie, ces yeux qui larmoient et qui ont perdu leur lueur, c'est ça qu'elle est devenue ? Ça qu'elle va montrer aux autres ? à ses enfants ? Impensable. Ce n'est pas elle. Où est-elle passée ? Ce visage lui fait horreur. Elle baisse les paupières.

Et de nouveau, ces bulles qui montent et éclatent dans son ventre, tout contre sa peau. C'est lui, il la rappelle à l'ordre. Il doit sentir qu'elle est prête à renoncer, il l'en empêche. Alors Fatimah redresse la tête, relève les yeux et se regarde, longuement, se cherchant derrière ce visage détruit, tout en pensant à ce qui se passe dans son ventre. Et au milieu de la tristesse, immense, de l'angoisse, insondable, quelque chose comme une douceur monte en elle. Une douceur qui se voit dans les yeux qu'elle observe.

Cette tendresse, c'est la première chose qu'elle reconnaît, enfin, en elle. Le feu n'a pas tout ravagé, il lui a laissé un peu de ce qu'elle était. C'est cela qu'elle doit montrer aux autres, cela que son petit doit voir et comprendre : l'amour qu'elle porte aux autres, et qu'on lui a si peu donné. Il faut qu'elle calme sa colère, la violence qu'elle a en elle depuis qu'elle est ici. Ce qui est arrivé est arrivé, on ne peut rien y changer ; place doit être faite à un peu de douceur, d'amour, de paix. C'est cela qui la sauvera et lui permettra de retrouver une place dans le monde.

Elle respire plus calmement maintenant. Une force nouvelle s'est installée en elle. Elle sait désormais qu'elle va affronter courageusement les semaines à venir. Elle va se battre. Elle n'est plus seule.

Elle retourne à pas lents dans sa chambre, s'allonge et tente de dormir : elle aura besoin d'énergie pour commencer les soins qui la conduiront vers sa nouvelle vie.

6

Même jour, au village

Il est 9 heures, Farah vient de partir pour l'école avec Fidan. Elle est chargée de déposer sa sœur chez Zera, une tante de son père, qui habite au bout du village. C'est elle qui, ensuite, emmènera la petite fille là où elle fait ses deux années de préscolarisation. L'année prochaine, Fidan rejoindra Farah à l'école primaire, mais pour l'instant elle commence plus tard, et Fatimah n'est plus là pour l'accompagner, comme elle le faisait tous les jours jusqu'à l'accident. Logiquement, Saywan a confié cette mission à Farah. Et loin de s'en trouver encombrée, celle-ci est contente de ce moment privilégié qu'elle passe avec sa petite sœur. Elle la sent de plus en plus anxieuse à mesure que les jours s'écoulent, sans nouvelles, sans câlins maternels. Fidan n'a pas cru longtemps au départ de sa mère pour «rendre visite» à une cousine. Farah a fini par lui dire la vérité, l'hôpital, mais aussi le secret qui entoure les raisons de l'hospitalisation, sa durée, la date de son retour.

La vie s'est si bien réorganisée ces deux derniers mois que c'est comme si Fatimah n'avait jamais existé. À aucun moment l'absente n'est mentionnée. Il n'y a qu'avec Fidan que Farah peut encore parler de sa maman. Elle le fait parce qu'elle en a besoin, elle, et parce qu'elle se dit que c'est important pour sa petite sœur. Mais surtout, c'est le seul moyen de faire encore exister leur mère.

Dans le cœur de ses filles, à travers les mots qu'elles échangent, les souvenirs qu'elles évoquent, le manque qu'elles expriment, Fatimah vit. Et, pour rien au monde, Farah ne voudrait se priver de ce partage avec sa sœur, même s'il est douloureux et si parfois elles pleurent toutes les deux.

Bien sûr, Farah fait attention à ce que personne ne les entende ; elles chuchotent quand elles quittent la maison puis, à mesure qu'elles s'éloignent, elles se laissent aller à parler plus fort, à pleurer sans se cacher et même à rire. Il y a deux jours, par exemple, Fidan lui a demandé de lui faire un gâteau quand elles rentre-raient de l'école :

« On mange plus jamais de gâteau, maintenant, et moi j'aime trop ça.

— C'est vrai que depuis que Maman est à l'hôpital, personne n'en fait plus.

— Et Maman, c'était la reine des gâteaux, pas vrai, Farah ? »

« C'était » ? Ce passé a choqué Farah, mais elle s'est dit que pour une petite fille de cinq ans, c'est très long, deux mois. Ce doit être pour cette raison que Fidan parle comme ça, et pas parce qu'elle oublie Maman. Mais Farah a quand même rectifié tout de suite :

«Oui, tu as raison, c'est la reine des gâteaux.» Elle a laissé passer un temps et a ajouté : «Sauf quand elle les rate parce qu'on l'embête ! Tu te souviens ?

— Oui, a dit Fidan, quand on a fait la bataille de coussins !»

Cet après-midi-là, Fatimah avait décidé de faire des kodas. Elle avait roulé la pâte, l'avait farcie de noix, de pistaches, et l'avait mise à cuire. En attendant, elle rangeait la maison. Elle s'était dirigée vers le coin où les coussins étaient empilés et, au moment où elle tendait la main, toute la pile était tombée et une petite tête était apparue derrière.

«Maman a d'abord fait "Ah !" parce qu'elle a eu peur, puis "Oh !" comme si elle allait te gronder. Et puis elle s'est mise à rire et a voulu te prendre dans ses bras, mais tu t'es échappée et elle t'a lancé les coussins dessus, comme si elle avait notre âge !»

À ce souvenir, Fidan a ri sans retenue, tandis que Farah a poursuivi : «Tu rattrapais les coussins, lui relançais encore et encore. Et moi, je riais tellement que je ne pouvais même pas jouer avec vous. Et ça aurait continué si on n'avait pas senti cette odeur de brûlé...»

Fidan a ri de plus belle.

«La tête qu'a faite Maman quand elle a senti cette odeur et qu'elle a vu les gâteaux ! Noirs, durs, comme du charbon ! C'est sûr qu'on les a pas mangés...», dit Farah. En prononçant ces derniers mots, son débit s'est ralenti, gagnée qu'elle était par une nostalgie dans laquelle elle entraînait sa sœur.

«Oui», a conclu Fidan, qui ne riait plus et est devenue pensive. Ces souvenirs de la vie avec Maman, ça rend triste. Elle savait si bien rire, câliner, apaiser, protéger, embrasser, aimer. Tout ça leur manque tellement.

Aujourd'hui, le chemin s'est fait dans le silence. Elles arrivent chez Zera, perdues dans leurs souvenirs. Farah se secoue :

« Allez, Fidan, bonne journée. Travaille bien. Je viens te chercher à 17 heures. D'accord ?

— Oui, dit la petite fille en se haussant sur la pointe des pieds pour embrasser son aînée. Et ramène-moi une bonne note, compris ? Sinon, je me fâche », ajoute Fidan en prenant sa grosse voix comme Maman quand elle faisait semblant de gronder sa fille.

À cette dernière évocation, le cœur trop lourd de Farah ne résiste pas. Fidan, désarmée devant ce chagrin, ces larmes bruyantes, regarde sa sœur, atterrée. Sa bouche se met à trembler, elle n'est pas loin de pleurer à son tour. Farah la prend dans ses bras et la serre contre elle de toutes ses forces.

« Pardon ma chatoune, pardon ma Fidan, pardon ma câlinette, ma doucette. Je te fais de la peine alors que je t'aime tellement.

— C'est pas grave, mais pourquoi tu pleures ? Parce que j'imite trop bien Maman ? Ça te la rappelle trop ?

— Oui, mon cœur, mais c'est bien que tu le fasses. Ça va aller, ne t'inquiète pas. Je suis une grosse bête. N'y pense plus et file, Zera t'attend. »

Fidan s'écarte de sa sœur, lève la tête pour observer son visage et, voyant qu'elle ne pleure plus, qu'elle a l'air consolée, dépose un baiser sonore sur sa joue et entre dans la maison de la grand-tante.

Farah attend qu'elle ait franchi le seuil pour rebrousser chemin et vite aller à l'école. Elle y retrouvera son maître si gentil et une journée de travail qui lui permettra d'oublier ce qui la chagrine tant.

À 16 h 30, la cloche sonne. Trop tôt à son goût, elle a passé une si bonne journée. Elle a fait du dessin, du calcul, et pendant plus d'une heure il y a eu les poèmes. C'est un moment qu'elle adore : le maître leur lit quelques vers et chaque enfant doit imaginer la suite de la poésie. Parfois personne n'a d'idée parce que le poème parle de choses que les élèves ne connaissent pas. Parfois ils disent tous des bêtises et ça les fait rire – le maître aussi, d'ailleurs. Et puis, d'autres fois, le poème les inspire, ils veulent tous proposer le vers suivant. Aujourd'hui c'était le cas. L'histoire était celle d'un amour malheureux, celui du scribe Mem pour la princesse Zi. Tous les enfants ont inventé des suites tristes – tantôt la princesse mourait, tantôt c'était le scribe, ou même les deux. Farah, elle, a voulu changer le cours de l'histoire : le scribe et la princesse avaient le droit de s'aimer, d'être heureux ! « Le bonheur, c'est toujours possible », a dit la fillette en regardant ses camarades avec tant d'intensité que le maître a demandé aux autres élèves de l'applaudir.

« C'est très bien, Farah, tu as eu raison de vouloir modifier l'histoire qui s'annonçait. Il est important de se dire que rien n'est certain et que la vie réserve parfois de très belles surprises. »

Farah a été très émue de ces mots. Elle a voulu y voir comme un signe, un encouragement pour sa maman. Elle s'est sentie plus légère.

Elle a regardé le maître et, en souriant discrètement, elle a chuchoté tout doucement pour que personne ne l'entende : « Merci. »

À la fin de la classe, le maître arrête Farah alors qu'elle s'apprête à quitter la salle. «Farah, attends un instant.»

Il laisse sortir toutes les petites filles et quand la dernière a dit «Au revoir, maître, à demain», il se retourne vers Farah : «Tu es triste depuis plusieurs semaines ; je sais que tu vis quelque chose de difficile. Ne t'inquiète pas, je ne veux pas dire que tu travailles moins bien, pas du tout, mais ta tristesse me peine. Si tu as besoin de parler, de te confier, je suis là. Tu peux le faire, je ne dirai rien à personne. Cela te soulagera peut-être.»

Son regard, comme toujours, est empli de bienveillance, mais pas seulement. Farah a l'impression que le maître est triste, lui aussi. Et c'est ce sentiment qui la pousse à parler, elle à qui on a appris que tout ce qui concerne la famille ne doit jamais sortir de la maison.

«Maître, je suis triste parce que ma maman est très malade.»

À ces mots, le maître se redresse. Marque un temps. Il semble... choqué.

«Elle souffre de quoi ?

— Je ne sais pas, cela fait deux mois que je ne l'ai pas vue. Elle est à l'hôpital. Je n'étais pas là quand on l'a emmenée et depuis, personne n'en parle. Ni mon père, ni ma grand-mère. Je ne sais même pas si elle vit encore.»

Ces mots la font fondre en larmes qui redoublent d'intensité et se transforment en gros sanglots. Elle ne peut plus s'arrêter. Tremblante, elle met son bras devant son visage pour qu'il ne la voie pas comme cela. Mais le maître, tout doucement, écarte ce bras et tente d'essuyer les larmes qui coulent. Puis il pose la main sur son bras, comme pour lui transmettre de sa chaleur, et lui parle avec douceur, à voix basse, comme pour une berceuse.

Farah s'apaise un peu, ses sanglots diminuent d'intensité et elle parvient à reprendre :

« Je... je voudrais la voir, l'em... l'embrasser, qu'elle me serre contre elle.

— Ça va venir, Farah, il faut que tu sois patiente. On doit s'occuper de ta maman en ce moment même.

— Peut... peut-être, je ne sais pas, pe... personne ne me dit rien. Et si... si elle était morte ?

— Mais non, répond très vite le maître, sentant venir une nouvelle crise de larmes. Non, ça c'est impossible, ta maman ne mourra pas, je te le promets.

— Et son bébé ? »

Aussitôt après avoir dit cela, elle le regrette. Nul ne sait que dans le ventre de sa maman il y a un bébé, elle seule l'a deviné. Et si personne n'en parle, c'est qu'il y a une raison, sûrement. Mais c'est son maître, lui peut tout entendre.

« Un bébé ? Quel bébé ? »

Farah baisse la voix, comme si quelqu'un les écoutait ou pouvait les entendre, et regarde autour d'elle pour être sûre qu'ils sont seuls.

« Je sais que Maman attend un bébé. Je la connais trop, Maman, je vois tout de suite ce genre de choses. Même si personne ne l'a remarqué, à moi elle ne peut rien cacher. »

Sa fierté de deviner sa maman mieux que quiconque lui fait oublier, un temps, son chagrin. Un sourire perce à travers ses larmes.

Le maître, lui, ne sourit pas. Il a une expression bizarre, comme s'il regardait à l'intérieur de lui-même et se posait des questions. Il prend un air grave :

« Si ce que tu dis est vrai, ne t'inquiète pas. Avec un bébé il ne peut rien arriver à ta maman. Tu me crois ? »

Bien sûr qu'elle croit son maître quand il dit des choses pareilles, des choses qu'elle veut entendre.

« Il faut que tu rentres, maintenant, Farah, sinon ils vont s'inquiéter chez toi. Fais bien ton travail, sois patiente, tu vas voir que ta maman rentrera dans quelques jours ou quelques semaines.

— C'est vrai, vous en êtes sûr ?

— Oui, Farah, rentre maintenant. »

La petite fille regarde son maître, puis s'incline pour le saluer. Il y a de la tendresse entre eux, et quelque chose comme un lien secret qui les unit et qui donne de la force à Farah.

« Au revoir, maître. Merci, à demain.

— À demain, Farah, courage. »

Le cœur plus léger, elle sort de la salle et se dirige vers la maison de la grand-tante pour récupérer Fidan, qui doit l'attendre.

7

65e jour, à l'hôpital

Aujourd'hui, c'est un jour «off», comme disent les soignants. Pas de kiné, pas de soins.

Pour Fatimah, c'est un jour «intérieur», où elle réfléchit à ce qu'elle va faire de sa vie.

Elle sort de sa chambre, déambule dans le couloir et rejoint le jardin de l'hôpital. Là, des femmes, brûlées comme elle, retrouvent leurs proches – mari, mère, enfants même parfois. Pour elle, il n'y a personne.

Omar lui affirme que son mari vient souvent demander de ses nouvelles, mais il n'est jamais là au moment des visites. Et jamais il ne lui a amené ses filles chéries. Au moins Farah, qui aurait le droit de venir et qui lui manque tant. Mais si Farah venait, est-ce qu'elle-même le supporterait ? Accepterait-elle son regard sur ce qu'elle est devenue ? Finalement, peut-être est-ce mieux ainsi. Qu'on l'oublie ! Que ses filles adorées l'oublient ! À ces pensées, un poids écrase sa poitrine.

Pour parvenir à s'en débarrasser, à respirer à nouveau, Fatimah regarde autour d'elle et s'apaise à la vue de ces groupes de blessées et de bien portants. Des blessées que l'on réintègre parmi les vivants, elles !

Ah non, ça ne va pas recommencer !

Elle s'assoit sur le banc de pierre, à l'abri du soleil, et écoute les mots d'amour, d'amitié, d'affection qui sont délivrés çà et là et qu'elle attrape au vol pour s'en nourrir.

« Tu nous manques, Annah, sans toi la maison est vide. Les enfants te réclament beaucoup, tu sais. »

« Ma femme. Tu sais que tu es ma femme ? Pour toujours ? Malgré tout ? »

« Leila, comment as-tu pu faire ça ? Nous t'aimons tant. Tu sais que jamais nous ne t'aurions frappée. Pourquoi ? »

Fatimah regarde le visage de ces femmes, des visages en partie cachés, plus ou moins détruits. Mais des visages encore aimés par leurs proches, des visages que l'on regarde. Elle sent son cœur se serrer en pensant à sa solitude.

Ses yeux délaissent ses compagnes d'infortune, font le tour du jardin à la recherche d'une image reposante. Elle en a toujours besoin avant de remonter dans sa chambre. Un jour, c'est le mouvement d'un oiseau, un autre, le dessin d'une plante. Parfois c'est la contemplation de la fontaine qui l'apaise.

Et là, elle voit cette femme : jeune, comme elle, vingt ans, peut-être vingt-cinq. Elle est seule, assise par terre. Son voile couvre ses cheveux et une partie de son visage, mais ce qui est montré est intact, ce n'est pas une brûlée. Fatimah ne distingue pas ses yeux, mais c'est sa posture qui l'a alertée, à la fois droite et effondrée. Elle sent une douleur tellement immense chez cette femme qu'instinctivement sa main s'avance dans sa direction. La femme lève alors la tête et regarde le ciel. Qu'y cherche-t-elle ? Quelles réponses espère-t-elle y trouver ? Fatimah continue de l'observer attentivement, tendue et gênée en même temps, comme si elle regardait à travers le trou d'une serrure.

Puis la femme se lève. Sans réfléchir, Fatimah décide de la suivre. Elle veut savoir qui est tant aimé de cette femme, qui est la cause de tant de souffrance.

Elles entrent dans le bâtiment et s'engagent dans l'escalier, mais s'arrêtent au premier étage. Le second est l'étage des femmes, son étage, tandis que le premier... Fatimah a découvert ce lieu il y a deux jours. Elle s'était trompée de chemin en se rendant dans la salle de kiné et avait ouvert une porte derrière laquelle elle avait découvert des brûlés... des enfants. Certains n'avaient que quelques mois ! Elle ne savait pas que dans ce centre on prenait aussi en charge des enfants. Elle n'avait d'ailleurs pas même imaginé qu'ils puissent vivre la même tragédie que la sienne. Quelle injustice. Qui, là-haut, laissait faire cela ? Comment admettre que cela existe ? Elle était sortie de la salle très perturbée et avait passé sa séance de kiné à écouter Kamal lui parler de ces enfants. Il lui avait raconté les accidents, fréquents : les gamins trop souvent livrés à eux-mêmes, dont les brûlures étaient parfois très étendues. Mais il l'avait un peu réconfortée en lui expliquant qu'ils se battaient mieux que les adultes contre ces blessures, qu'ils récupéraient plus vite. Cela ne l'avait pas convaincue mais apaisée.

C'est donc une mère qu'elle suit. Elle comprend mieux son extrême douleur. Pourvu que son petit soit en voie de guérison. Malgré sa peur de revoir un enfant atteint, Fatimah ne peut faire demi-tour et suit des yeux la mère. Celle-ci va jusqu'au bout du couloir et pousse la porte de la dernière chambre.

Ce qu'elle entend alors bouleverse Fatimah. De la porte entrouverte s'échappe une plainte sourde, un gémissement faible mais lancinant. Odieux. Un enfant qui souffre, et en continu.

La porte se referme, et de nouveau c'est le silence.

Fatimah se dirige vers le seuil. Elle y est. C'est la chambre 48, où un enfant exprime un peu de l'horreur qu'il vit dans des sons indistincts.

Elle hésite, à peine quelques secondes. C'est comme si elle était poussée dans le dos par une force irrésistible. Elle ouvre doucement la porte et la chambre apparaît.

Sur le lit repose un enfant. Il doit avoir trois, peut-être quatre ans. Tout son corps, son visage sont recouverts de bandages. Il – ou elle – est immobile, sur le dos. Seule sa tête dodeline, au rythme de la douleur.

À son côté, cette femme qu'elle a suivie, sa mère. Elle tourne le dos à la porte, on ne voit d'elle que sa tunique et son voile.

Penchée contre la couche de son petit, elle n'est qu'attention, amour, présence. On sent, à la façon dont sa main est posée sur le cœur de l'enfant et les épais bandages qui recouvrent son thorax, qu'elle cherche à lui transmettre toute sa force.

Fatimah se racle la gorge, la femme tourne la tête vers elle. Un air interrogatif s'inscrit sur son visage, puis un sourire, infiniment triste mais empreint de douceur.

Fatimah sourit aussi. Malgré son visage, malgré la douleur que cela provoque.

Le temps s'arrête, quelques secondes. Puis la femme se retourne, reportant toute son attention sur l'enfant.

C'est ce sourire qui décide Fatimah. Elles ont communié dans cet échange, partagé la peine, les sentiments maternels, les drames communs. Alors elle s'avance, tire une chaise de l'autre côté du lit et s'y assoit. Elle regarde ce petit corps, le mesure, le soupèse. Et pense à Firouz. C'est son fils qui est là, couché, blessé. Son fils qu'elle n'a pas su protéger de la fureur du chien, qu'elle n'a pas consolé lors du drame, qu'elle n'a même pas réchauffé, rassuré avant son passage ultime. Cette culpabilité-là ne s'est jamais effacée. Peut-elle réparer un peu de cette faute en aidant cette mère ? En accompagnant son enfant ?

Car elle sait. Tout ce temps passé dans cet hôpital lui a appris à deviner qui la mort va emporter. Et elle sait que ce petit enfant ne vivra pas. Éprouvant le besoin d'être là si sa mère l'accepte, elle demande :

« Je peux rester ?

— Oui. Merci. C'est si dur.

— C'est votre fils ?

— Oui. C'est mon ange.

— Il a quel âge ?

— Trois ans dans quelques jours. »

Le silence ne dure pas. La mère a besoin de parler, de raconter. À voix très basse, elle explique :

« Il jouait dans la carrière derrière la maison, il y avait des explosifs. Et tout à coup, tout a sauté. Il est brûlé sur tout le corps. Depuis, j'attends. »

Soudain, la porte s'ouvre. C'est Omar. Apercevant Fatimah, il marque un temps d'arrêt, un peu étonné, puis il sourit – de soulagement. La mère n'est plus seule pour vivre cet enfer.

Il entre dans la chambre, s'approche de la femme, lui pose doucement la main sur l'épaule et observe lui aussi quelques instants l'enfant. La mère se lève, plante son regard dans celui du médecin. Elle est prête.

« Vous voulez que l'on parle ?

— Oui. Je veux savoir. C'est grave ?

— Oui.

— Très ?

— Oui.

— Il va mourir ?

— Oui.

— Quand ?

— Très vite.

— Dans les jours qui viennent ?

— Oui.

— Demain ?

— Oui, demain.

— Aujourd'hui ?

— Peut-être, oui. »

La mère agrippe alors la main d'Omar, la serre très, très fort.

« Merci. »

Omar la regarde ; il voudrait la prendre dans ses bras, c'est trop de douleur. Il regarde l'enfant, qui gémit toujours, et sort. Il n'en peut plus. Il voudrait soulager ce petit, faire que tout aille vite. En France, où il a étudié, on aurait donné un produit à cet enfant, il serait dans le coma, peut-être déjà mort. En tout cas, il ne souffrirait plus. Mais, ici, ce n'est pas possible. Aucun parent n'accepterait cela. Il faut respecter la Volonté suprême.

Il n'en peut plus d'entendre cet enfant pleurer sa douleur innommable. Il sait que c'est dur pour elle, mais il est heureux que Fatimah soit là, dans un coin de cette chambre. Cette femme si généreuse, si attentive va aider cet enfant et sa mère à franchir le cap.

Et elle est bien là, Fatimah. Elle se penche vers l'enfant, pose une main sur sa poitrine. Puis elle regarde sa mère et lui dit : « Aimons-le. »

C'était « aider » qu'elle voulait dire, mais « aimer » lui a échappé.

La mère alors se rassoit, tend la main et la pose elle aussi sur la poitrine de l'enfant. Il respire, doucement. Difficilement.

Pendant des heures, il va se battre. Pendant des heures, elles vont alterner des temps de silence et des temps de parole, à voix basse. La mère va raconter encore et encore l'accident, ce qu'elle faisait juste avant, pendant et tout ce qui s'est passé depuis lors. Elle va parler aussi de la maison, du mari qui travaille beaucoup et qui n'est pas souvent là, des autres enfants, une grande fille, deux petits garçons de deux et un ans, qu'elle aime plus que tout mais qui ont comme disparu de son présent. De l'avenir qu'elle ne veut pas imaginer.

Fatimah va raconter, Firouz, la rapidité, la culpabilité, la douleur jamais éteinte.

La nuit est tombée. Elles restent ensemble. Le temps passe.

Il s'écoule jusqu'au moment où l'enfant, enfin, décide de lâcher prise.

Il est 3 heures du matin. La lune est pleine, le ciel clair.

8

Le lendemain matin, au village

Farah est en retard, il est déjà 9 h 10 et elle n'est toujours pas partie de la maison. Fidan, sage comme à son habitude, attend devant la porte que sa grande sœur soit prête à l'accompagner. Mais Farah a traîné ce matin, elle était si perturbée et énervée qu'elle ne trouvait ni ses affaires de gymnastique alors qu'il y a sport aujourd'hui, ni son cahier de calcul. Elle n'a pas fermé l'œil de la nuit et, ce matin, tout lui échappe. Elle pleure pour un rien et fait tout pour le dissimuler, à sa grand-mère bien sûr, mais aussi à sa petite sœur. Les hommes, eux, sont partis depuis longtemps.

« Farah, on y va ?

— Oui, Fidan, j'arrive. Excuse-moi, je t'emmène.

— C'est pas grave, mais on va courir pour que le maître te gronde pas. »

À ces mots, Farah sent un peu d'apaisement dans sa poitrine. Car c'est bien du maître qu'elle a besoin aujourd'hui. Il y a quelques jours, il lui a dit qu'elle pouvait venir le voir si ça n'allait pas, pour lui parler. Et là, ça ne va pas du tout.

Normalement, quand elle a un souci ou qu'elle est triste, elle va voir sa maman. Elle lui raconte tout, Fatimah la prend d'abord dans ses bras, lui fait un câlin, puis elle trouve toujours la solution. Mais Maman n'est pas là et Farah ne sait pas du tout quand elle reviendra... si elle revient! Vite, elle chasse cette pensée et s'accroche à l'idée que le maître peut l'aider.

«En route, Fidan. Tu as raison, on va se dépêcher un peu!»

Farah vérifie à la hâte le cartable de sa sœur, sa tenue, sa coiffure, et ouvre la porte tout en lançant:

«On y va, Baba, à ce soir!»

Elle tente de paraître naturelle mais c'est difficile parce qu'elle en veut à sa grand-mère de ce qui s'est passé hier soir – à son père, c'est sûr, mais aussi à Baba.

Les deux petites filles quittent la maison et, d'un pas rapide, traversent le village jusqu'à la maison de Zera.

«Pourquoi t'es énervée comme ça, ce matin? Quelque chose va pas? T'es toute rouge, s'enquiert Fidan.

— Non, ne t'inquiète pas, ma doucinette, ça va. C'est juste que je suis en retard, du coup toi aussi, et ça n'est pas bien.»

Elle compte endormir ainsi les inquiétudes de sa petite sœur. Celle-ci ne doit pas savoir. Et, apparemment, ça fonctionne: Fidan, rassurée et détendue, entreprend de lui raconter sa journée à venir. Mais Farah n'est pas avec elle. D'habitude, elle écoute avec attention tout ce que lui dit sa sœur, surtout depuis que

Maman n'est plus là – il faut que Fidan se sente entourée d'amour, c'est si dur ce qui leur arrive, et elle est sûre que c'est ce que Maman voudrait qu'elle fasse –, mais aujourd'hui elle a besoin de se replonger dans la scène qu'elle a surprise la veille, pour la retrouver avec précision et pouvoir en parler le plus vite possible à son maître.

Le dîner était fini, Farah avait aidé Baba à coucher les petites.

«Tu as encore des devoirs? lui avait alors demandé sa grand-mère.

— Non, Baba, je vais me coucher aussi, je suis fatiguée.»

C'était vrai qu'elle était épuisée, comme d'ailleurs tous les soirs depuis que sa maman n'était plus là. Le travail en plus à la maison, auprès des petites, la tension nerveuse, l'angoisse, tout s'additionnait. Elle pensait s'endormir d'un coup, comme d'habitude, mais, trop énervée, n'y était pas parvenue. Alors, les yeux fermés, dans le noir, elle avait repassé dans son esprit le poème qu'elle devait savoir pour le lendemain. Elle voulait que son maître soit fier d'elle, elle se l'était récité et rerécité... jusqu'à ce qu'elle entende des cris.

C'était son père. Elle l'avait trouvé très tendu pendant le dîner, auquel il était arrivé tard, d'ailleurs. On l'avait attendu, et il était 21 heures passées quand il était rentré. Il n'avait pas dit un mot, avait à peine mangé, mais elle n'y avait pas fait plus attention que ça. Papa était coutumier des sautes d'humeur, elle ne s'en préoccupait pas tant que cela ne retombait pas sur elle – dans ces moments-là, une gifle, des cris, tout partait vite. Mais au dîner, il l'avait ignorée.

Et à présent il était en train de s'énerver, dehors, juste derrière la maison. Mais avec qui était-il?

Espérant – tout en le craignant – que ces cris soient liés à sa maman et que donc elle puisse apprendre quelque chose, Farah s'était relevée tout doucement. Elle s'était approchée du mur qui donnait sur la cour et y avait collé l'oreille.

«Ne crie pas comme ça, tout le monde va t'entendre.»

C'était Baba qui répondait à son père.

«Mais non, ils dorment tous, tu m'as dit que même Farah s'était couchée.

— Oui, c'est vrai, mais là tu vas finir par la réveiller. Et puis je ne comprends rien à ce que tu me racontes. Je ne sais pas de quoi tu parles.

— Si, je suis sûr que tu es au courant, tu ne pouvais pas l'ignorer et tu vas m'expliquer de quoi il s'agit. Tout le monde m'a pris pour un imbécile, c'est ça? Tu as dû bien rire de moi? Et ma femme aussi. Parce que tu n'as pas oublié que c'était ma femme, ta belle-fille?

— Calme-toi, Jalal. Je n'ai jamais ri de toi. Soit tu as mal compris, soit quelque chose nous échappe. On aura l'explication, je te le promets. Mais tu as sûrement mal compris. Va te coucher, ça ne sert à rien de ressasser des choses que l'on ne comprend pas.»

Farah avait écouté avec attention en essayant de ne perdre aucun mot. La voix de Baba était ferme, celle de Papa, angoissée, au bord des larmes.

N'entendant plus rien, Farah avait vite couru se recoucher, de peur d'être surprise. Et heureusement: quelques instants plus tard la porte s'était ouverte sur le pas lourd de Baba. Farah l'avait entendue se préparer pour la nuit puis s'étendre. Son corps avait écrasé bruyamment le matelas.

Toujours figée par ce qu'elle venait d'entendre, Farah était restée à écouter les bruits de la maison, attendant le retour de son père. Il s'était écoulé près d'une demi-heure, estimait-elle, peut-être plus, avant que celui-ci ne rentre lui aussi se coucher.

Elle s'était alors enfin autorisée à réfléchir à cette discussion. Bien sûr, ça concernait Maman, mais de quoi s'agissait-il? Pourquoi cette réaction de Papa? Elle avait beau retourner les phrases dans tous les sens, elle ne comprenait pas. Si ce n'est que ce que son père avait appris n'était pas bon pour Maman.

Au matin, elle était si fatiguée, si énervée qu'elle savait qu'elle ne tiendrait pas toute la journée avec ces phrases qui tournaient dans sa tête. Alors elle avait pensé au maître. Il était le seul à pouvoir l'aider.

« Farah, tu m'écoutes? Ça fait deux fois que tu dis oui quand je te demande à quelle heure tu viens me chercher ce soir », proteste Fidan.

Depuis plusieurs minutes, tout en marchant à son côté, Farah a oublié la présence de sa sœur et n'a pas écouté un mot de ce qu'elle lui racontait.

« Pardon, ma chatoune, j'étais ailleurs.

— Je vois bien, mais c'est pas gentil. Tu pourrais m'écouter, quand même.

— Je suis désolée. Je suis fatiguée, c'est pour ça. Je serai là un peu plus tard, 17 h 30, ça ira?

— Voui, c'est bon », grommelle sa sœur, toujours un peu fâchée.

Farah prend alors conscience qu'elles sont arrivées à la maison de leur grand-tante. Vite, elle embrasse sa cadette et file vers l'école. Elle est en retard, c'est sûr, mais en se dépêchant cela devrait aller.

Quelques minutes plus tard, elle franchit l'enceinte de l'école, espérant que le cours n'ait pas déjà commencé. Mais non, toutes les filles de sa classe sont dans la cour.

«Farah, tu es en retard, lui dit sa meilleure amie, mais le maître est encore plus en retard que toi! Il n'est pas arrivé, on dirait.»

Soulagée, Farah embrasse son amie et pose son cartable.

«Il est entré et ressorti? La salle est ouverte?» demande-t-elle, habituée, comme tous les enfants, à l'arrivée très matinale du maître. Il leur avait expliqué qu'il aimait être là tôt, bien avant ses élèves, pour travailler et réfléchir au calme avant qu'elles ne piaillent toutes dans la cour – «une vraie basse-cour!» avait-il ajouté, pour les faire rire.

«Non, tout est fermé, et la première cloche n'a même pas sonné. C'est bizarre, tu ne trouves pas?

— Oui, un peu, mais il doit bien y avoir une explication. Attendons.»

Mais les minutes passent sans que Farah, qui s'est tournée vers la sortie du village, direction par laquelle arrive toujours le maître, voie quoi que ce soit. Elle sent une boule d'appréhension monter en elle, sans raison.

9

Le même jour, au village, l'après-midi

Quelle horrible journée! Jamais Farah n'aurait imaginé vivre les heures qui viennent de s'écouler. Elle sait qu'elles resteront longtemps gravées dans sa mémoire.

Toute la journée, les élèves ont attendu le maître. Sagement au départ, puis fébrilement.

Au début, c'était un jour comme les autres. Il faisait beau et chaud, sans la moindre brise pour altérer l'impression de beau temps immuable qui régnait depuis des semaines sur la région. Installées bien à l'ombre dans la cour, les élèves de la classe de M. Moustapha patientaient en prenant le retard de leur maître pour une récréation prolongée. Un peu excitées par cette «heure» anormale, inédite, elles se racontaient. Tous les sujets, des plus anodins aux plus essentiels, avaient été abordés :

«Ton petit frère, il a six ou sept ans?»

«Ta grande sœur ne t'embête pas trop?»

«Je crois que ton père travaille avec le mien, c'est ça?»

«Ta grand-mère n'est pas trop sévère avec toi?»

«Tu voudrais faire quoi plus tard?»

De discussion en discussion, la matinée était passée. Sans souci. C'était tellement rare de pouvoir ainsi échanger sans cloche qui sonne, sans mère ou grand-mère à la porte de l'école, sans l'œil rivé à l'horloge pour ne pas être en retard à la maison.

Farah n'était pas en reste. La situation était tellement difficile chez elle, l'ambiance tellement lourde qu'un peu d'air dans sa vie ne lui faisait pas de mal. Mais tandis qu'elle papotait avec ses camarades – que, finalement, elle connaissait assez mal –, une appréhension sourde montait en elle. La même angoisse latente qui l'habitait depuis plus de deux mois et qui avait été exacerbée par la discussion qu'elle avait surprise la nuit dernière entre son père et sa grand-mère. L'absence tout à fait exceptionnelle de son maître lui permettait, certes, de souffler un peu, mais ne la rassurait en rien. C'était une inquiétude diffuse, comme une pesanteur, quelque chose qui se rappelait à elle dès qu'elle prenait conscience de la situation, de ce moment en marge où des fillettes échappaient au cours classique de la vie et discutaient tranquillement.

Aussi quand, vers 13 heures, ses amies lui avaient dit : «On pense que le maître ne viendra plus, on va rentrer. Tu veux qu'on fasse le chemin ensemble?», Farah avait refusé. Rentrer chez elle, c'était abandonner le maître, et surtout renoncer à une possible discussion avec lui pour tenter de décrypter les propos tenus par Papa. Cela ne pouvait être reporté au lendemain.

Il n'allait pas tarder, le maître, il n'avait jamais été absent, jamais en retard. Il allait arriver, c'était sûr.

«Non merci, allez-y, je reste encore un peu. De toute façon, je dois attendre 17 heures pour aller chercher ma petite sœur. À demain!»

Ses camarades, étonnées, avaient hésité quelques minutes en se balançant d'un pied sur l'autre. Puis, comprenant que Farah ne bougerait pas de la cour, elles s'étaient dirigées en grappes vers la sortie.

«À demain, Farah.

— Oui, à demain.»

La chaleur est extrême et toute ombre a déserté la cour poussiéreuse. Farah transpire sous son foulard mais elle ne se résigne pas. Elle veut voir le maître. C'est une idée fixe. Comme si lui parler allait faire revenir sa mère.

Pour tromper son impatience, elle ouvre son cartable et en sort le repas que lui a préparé, comme tous les jours, sa tante – aujourd'hui une cuisse de poulet du dîner de la veille, une tomate, un oignon en tranches, de la sauce au yaourt et un pain farci au fromage. Elle s'assoit dans un coin de la cour, remonte son foulard pour protéger un peu plus son visage du soleil et commence à manger. Mais elle a présumé de sa faim. Au bout de quelques bouchées, elle s'arrête, rassasiée. Et surtout l'estomac noué par l'inquiétude. L'absence de sa mère et celle de son maître se mêlent dans sa tête.

Elle range son repas à peine entamé dans son cartable, se lève et se met à faire les cent pas. Tour de la cour à droite, tour de la cour à gauche... Ses pas s'enchaînent et son esprit travaille. Elle passe en revue les semaines écoulées depuis ce soir où elle est rentrée de l'école pour trouver la maison vide de sa maman. Elle espère voir émerger de cette rétrospective des éléments qui auraient pu lui échapper, qui lui permettraient de comprendre un tout petit quelque chose. Mais rien.

À un moment, se sentant fatiguée, elle s'assoit sous une grosse pierre à l'abri du soleil, enroule de ses bras ses jambes repliées, pose sa tête dans le creux ainsi formé et ferme les yeux.

Quand elle sort de sa somnolence, elle s'ébroue exactement comme le fait le chien de la maison et, par habitude, regarde l'heure.

Dix-sept heures, déjà! Elle ne peut croire que le temps a passé aussi vite. Il faut y aller, Fidan l'attend. Elle ramasse son cartable, tapote un peu sa tunique et son foulard qui ont pris la poussière et se dirige vers la sortie.

En arrivant près de la maison de la grand-tante, elle voit ce que, sans oser le formuler, elle craignait depuis ce matin. Depuis qu'elle a vu la porte de la classe fermée.

Devant elle, un attroupement dans la rue. Des femmes qui discutent fort, en criant un peu, comme si elles étaient en colère. Dans ce groupe se tiennent ses deux tantes ; la plus jeune, Imen, serre fermement la main de Fidan et semble vouloir l'éloigner de cette discussion animée. De là où elle est, Farah constate que cela ne plaît pas du tout à Fidan, qui lutte avec sa tante pour rentrer dans le cercle des femmes. Mais rien n'y fait, la poigne d'Imen est solide, et le corps de la petite fille émerge, hors des jupes des femmes.

Farah sent les battements de son cœur s'accélérer et franchit rapidement la courte distance qui la séparait de ce groupe. Fidan l'aperçoit, lâche brutalement la main d'Imen et se précipite vers sa sœur : «Farah, c'est horrible, c'est trop triste !

— Qu'est-ce qui se passe, ma douce ? Qu'est-ce qui est horrible ?» demande-t-elle à la petite fille en la recevant dans ses bras. Elle a pleuré, cela se voit, elle a encore des traces sales le long des joues, là où la main de sa tante a dû essuyer un peu énergiquement les larmes.

«Ton maître, ton maître !» dit Fidan, qui fond en pleurs.

Un grand vide creuse brutalement le corps de Farah, mettant un terme à ses questionnements de la journée. Elle savait qu'il était arrivé quelque chose à son maître, cette absence était incompréhensible.

Elle regarde sa sœur mais n'arrive pas à parler. La question qui lui brûle la gorge ne peut franchir la barrière de ses lèvres. Tant qu'on est dans l'ignorance, il peut encore y avoir de l'espoir. Mais Fidan la prive de cet espoir en criant dans son chagrin : «Il est mort, Farah, il est mort ! On l'a trouvé, c'est horrible !»

10

Le même jour, au village, en fin d'après-midi

Farah reste sidérée de ce que vient de lui annoncer sa petite sœur. Le maître, mort! C'est impossible, de quoi serait-il mort? Il était tout à fait comme les autres jours, hier. Il n'a rien montré, rien dit. Et puis on ne meurt pas à son âge, il est très jeune, plus encore que ses parents.

Farah veut en savoir plus mais elle n'ose interroger Fidan, qui semble déjà si bouleversée. Elle est bien petite pour affronter la mort, surtout celle de quelqu'un qu'elle connaît. Farah voudrait l'éloigner un peu pour parler avec sa tante ou même une voisine, mais la petite s'accroche à elle; elle a refermé les bras autour du torse de sa grande sœur et semble s'y trouver en sécurité. D'ailleurs, elle ne pleure plus.

Farah, tout en continuant de bercer Fidan, cherche sa tante des yeux. Mais elle a disparu. *C'est étonnant*, pense Farah, *elle était là il y a deux minutes, elle m'a vue arriver. Pourquoi est-elle partie? Et où?*

« Fidan, tu sais où est Imen ? Je ne la vois pas. »

Fidan s'écarte un peu de sa sœur.

« Non, Farah. Mais tu sais, elle a crié quand elle a appris, pour le maître. Et depuis, elle a pas dit un mot.

— Tu restes sagement là deux minutes, que j'aille regarder dans la maison, d'accord ?

— Non, reste avec moi ! J'ai peur, peur, tu comprends ?

— Oui, bien sûr, ma douce, je comprends. Mais il faut quand même que je sache ce qui s'est passé. J'ai attendu mon maître toute la journée à l'école.

— Mais je peux te le dire, moi, je sais tout. Elles ont parlé devant moi, elles pensaient que je comprendrais pas, mais moi j'ai entendu et tout compris. »

La petite marque un temps d'arrêt, repensant à ce que les femmes ont dit. Et un flot de larmes s'échappe de nouveau de ses yeux, tandis qu'elle crie : « C'est horrible... » Farah est partagée entre la volonté de préserver sa sœur, qui a manifestement écouté un récit qui ne lui était pas destiné, et celle d'apprendre ce qui s'est passé. Elle avance, le corps toujours soudé à celui de Fidan, et se rapproche d'une des voisines, qu'elle connaît. De manière discrète, presque négligemment, elle entoure le visage de sa sœur de ses deux mains, de façon que ses paumes couvrent les oreilles de la petite.

« Farah, lui dit la voisine, te voilà, tu tombes bien. Tu es au courant ?

— Non. Il est arrivé quelque chose à M. Moustapha, c'est ça ?

— Oui, c'est terrible. Un homme si bon, si attentif à ses élèves. Et si jeune.

— Dites-moi ce qui s'est passé ! supplie Farah tout en pressant un peu plus les oreilles de Fidan.

— On a trouvé son corps ce matin, il est mort.

— Mais quand ? De quoi ? C'est pour ça qu'il n'est pas venu à l'école ?

— Oui, c'est comme ça qu'on a su qu'il était mort. Belen, tu la connais, elle est en classe avec toi, non ?

— Oui, pourquoi ?

— C'est elle qui nous a prévenus. Elle est revenue de l'école vers 10 heures en disant que le maître n'était pas là. Que vous aviez toutes attendu, que certaines attendaient encore mais qu'elle était rentrée parce qu'elle avait trop chaud dans la cour, car la classe était fermée et que vous ne pouviez pas entrer vous rafraîchir...

— Oui, oui, dit Farah, énervée par ces digressions, mais alors quoi ?

— Alors, reprend la voisine, visiblement contrariée de cette interruption, alors, comme elle avait chaud, elle est rentrée et elle a dit...

— Oui, que le maître n'était pas venu, et...

— Oui, c'est ça, et du coup sa maman, qui connaît bien M. Moustapha parce qu'ils sont parents, éloignés mais quand même, a voulu aller le voir. Tu comprends, elle s'est dit qu'il était peut-être malade. Or il habite tout seul. Donc elle a pensé que s'il était malade, personne n'était là pour le soigner. C'est pour ça qu'elle y est allée.

— Et ? demande Farah, qui n'en peut plus de ce récit truffé de détours superflus.

— Eh bien, elle s'est rendue dans la maison de ton maître, qui est située de l'autre côté du village. Elle a été étonnée en arrivant d'entendre les deux chiens aboyer. Ils étaient postés devant la maison, la gueule levée, et gémissaient, comme une plainte. Ça lui a fait peur mais elle a insisté. Elle a frappé à la porte. Personne n'a répondu. Elle a hésité parce que, quand même, ça ne se fait pas d'entrer comme ça dans une maison, elle pouvait déranger, tu comprends? »

Farah a envie de hurler. De secouer la voisine pour lui arracher les mots qu'elle attend et qui ne viennent pas.

« Oui, je comprends. Et?

— Et alors elle a poussé la porte, qui n'était pas complètement fermée, et elle est entrée. Dès qu'elle a franchi le seuil, elle a appelé. Rien. Elle a bien regardé dans la maison, mais il n'y avait personne. Elle ne savait pas quoi penser, il ne pouvait pas s'être absenté sans prévenir personne. Jamais il n'aurait manqué l'école sans une bonne raison, tu comprends?

— Oui, je sais, ensuite? dit Farah, à bout de nerfs.

— Eh bien, elle allait repartir sans réponse quand un des deux chiens l'a attrapée par le bas de son voile, en tirant dessus. Comme pour qu'elle le suive, comme s'il voulait lui montrer quelque chose. Elle s'est laissé faire, mais là, tu vois, je crois qu'elle a eu vraiment peur. Le chien a filé vers le puits qui est dans le jardin. Arrivé devant, il s'est assis et n'a plus bougé. Elle a été paniquée, tu imagines bien! Mais il fallait savoir. Alors elle s'est avancée vers la margelle, a hésité, enfin c'est ce qu'elle m'a raconté, puis elle s'est forcée à se pencher au-dessus du trou...

— Et? demande Farah d'une voix tremblante.

— Et elle a vu le dos de ton maître, enfin la veste, c'est ça qu'elle a aperçu tout au fond du trou. Elle ne voyait rien d'autre, le visage était tourné vers le fond. Et puis il fait quand même noir dans les puits.

— Non ! » s'effondre Farah, qui voudrait désormais ne plus rien entendre.

Mais la voisine est emportée dans son histoire maintenant : «Elle a crié, non, hurlé, est vite allée chercher son mari, qui travaillait au village. Avec son beau-père, ils ont constaté tous les deux qu'un corps flottait dans l'eau du puits, le corps de quelqu'un manifestement mort. Ils sont allés chercher une gaffe, Sanaw en a une chez lui. Du coup, ils étaient trois, et heureusement parce qu'ils ont eu beaucoup de mal à remonter le corps de ton maître. Tu comprends, il était tout au fond, plein d'eau, donc il était très lourd. Il faisait au moins trois fois son poids avec toute cette eau, paraît-il.

— Et il était... mort ? ose demander Farah, horrifiée.

— Bien sûr, il était même pas beau à voir, d'après ce qu'ils ont dit. Il a dû passer toute la nuit dans l'eau, alors forcément il était abîmé. »

À cet instant, Farah sent le corps de Fidan se raidir contre elle. Malgré ses précautions, la petite a dû entendre, ou plutôt réentendre ce récit épouvantable. Elle devrait mettre un terme à cette discussion mais elle est au-delà de cela maintenant. Elle veut aller jusqu'au bout, malgré l'horreur, malgré sa petite sœur. D'ailleurs, elle est tellement sidérée qu'elle ne pleure même pas.

«On sait ce qui s'est passé ?

— Oh, il a sûrement dû se pencher trop au-dessus du puits et basculer, et personne ne l'a entendu crier, c'est ça qui a dû se passer, conclut la voisine. Quel malheur, n'est-ce pas ? Un homme si bon. Finir comme ça.

— Mais il est où, maintenant ? demande Farah.

— Sur son lit. Il a été lavé, habillé. En ce moment elles sont trois à dire des prières pour lui. Ne t'inquiète pas, il ne restera pas seul. Il a une mère qui habite un village un peu plus loin, on l'a fait prévenir. Elle va arriver avant la nuit.

— Je voudrais le voir.

— Il n'en est pas question ! Je te l'ai dit, il est très abîmé, et puis c'est un mort. Tu es une enfant encore, Farah, ta place est auprès de ta sœur, proteste la voisine, qui ne lui a pourtant épargné aucun détail éprouvant. En tout cas, il va falloir trouver un nouveau maître pour l'école, soupire-t-elle. Il faudra faire une demande pour qu'on nous en envoie un de Souleymanieh. En attendant, je crois que Zozan, la mère de Sindis – qui est aussi en classe avec toi, non ? – a proposé de s'occuper de vous tant qu'un nouveau maître n'est pas nommé. Tu la connais ? Elle est gentille, non ? »

Mais Farah ne répond pas, elle n'écoute plus. Son esprit erre à l'autre bout du village, dans la maison du maître. Elle essaie d'imaginer ces lieux qu'elle ne connaît pas. La maison, le jardin, le puits, le funeste puits au fond du jardin, les chiens. Une tristesse infinie s'est emparée d'elle à la pensée de cet homme qu'elle ne verra plus, qui ne lui racontera plus d'histoires, ne la fera plus rêver, ne l'encouragera plus. Il lui a tant apporté. Et surtout ces derniers temps, quand il a compris ce qu'elle vivait et a voulu l'aider. Qui va l'aider, maintenant ? Qui va s'intéresser à ce qu'elle vit ? À qui pourra-t-elle confier son chagrin, son désarroi, ses questions ?

Aussitôt Farah se sent coupable de ces pensées égoïstes. Son maître est mort, et la seule chose qu'elle trouve à faire, c'est se plaindre, penser à elle ? Sa mère aurait honte d'elle, si elle le savait.

Elle tente de changer le cours de ses idées. Et, opportunément, Fidan l'y oblige.

« Suis fatiguée, Farah, je voudrais rentrer. »

Tout à coup Farah se souvient qu'elle a une petite sœur, que ce corps chaud collé contre elle, c'est celui de sa petite Fidan qu'elle aime tant et que depuis quelques instants elle a eu tendance à oublier.

« Oui, ma douce, pardonne-moi, je te ramène, on va rentrer. Il faut que l'on s'occupe du dîner, Baba nous attend. Et Leila aussi. On y va. Au revoir, je dois rentrer, les enfants ont besoin de moi, dit-elle à la voisine comme une seconde maman qu'elle est devenue.

— Au revoir, petite Farah. Je pense que peut-être pas demain, mais après-demain, Zozan assurera la classe. Vous lirez des contes, réciterez des poèmes, en attendant le nouveau maître. Je préviendrai ta grand-mère dès que je saurai quel jour elle sera prête. Je lui en ai déjà parlé de toute façon, tout à l'heure, quand elle est venue aux nouvelles. Allez, rentre maintenant, elle doit t'attendre. »

Farah s'apprête à ramener sa petite sœur à la maison quand elle se souvient que sa tante a disparu. Le long récit de la voisine ne l'a pas ramenée.

« Attends juste une seconde, Fidan, je vais chercher Imen. Peut-être veut-elle rentrer maintenant à la maison avec nous pour préparer le repas. Viens. Allons voir si elle est chez Zera. »

Prenant Fidan par la main, Farah pénètre dans la maison de sa grand-tante et, à peine entrée, elle entend pleurer.

Intimant à Fidan l'ordre de ne pas bouger, elle s'avance dans la grande pièce et découvre dans un coin Imen prostrée, le visage dissimulé par son voile. Curieusement, elle se sent gênée, comme si elle avait poussé une porte interdite et découvert un secret.

Elle recule alors sans bruit, ouvre délicatement la porte et pousse Fidan dehors.

« Pourquoi elle pleure ? demande Fidan.

— Je ne sais pas. Sûrement parce qu'elle aimait bien le maître, comme tout le monde.

— Mais elle ne le connaissait pas beaucoup, moins que toi, en tout cas ! Et toi, tu ne pleures pas. »

La remarque sonne juste : Farah non plus ne comprend pas le chagrin manifesté par sa tante pour la mort d'un homme qu'elle ne côtoyait jamais, n'ayant elle-même pas d'enfant.

Renonçant, pour l'instant, à percer ce mystère, elle prend le chemin de la maison avec Fidan. L'heure tourne, ses petites sœurs doivent être affamées. Elle ne peut penser à elle seule.

11

75ᵉ jour, salle de kinésithérapie de l'hôpital

La mort de l'enfant a marqué Fatimah plus qu'elle ne le pensait. Elle ne l'a connu que quelques heures, n'a pas vu son visage, mais l'a accompagné et a aidé sa mère, Malika. Depuis, cette dernière vient tous les jours voir Fatimah. Elle habite Souleymanieh même, à deux cents mètres à peine de l'hôpital, non loin du marché. Vers 18 heures, elle franchit les portes du centre de soins et rejoint Fatimah. Elle apporte toujours quelques fruits, du pain, un morceau de poulet cuit de midi. Ensemble, elles partagent ce repas et discutent – d'elles, de leur vie, du présent et surtout de l'avenir.

Cette attention touche incroyablement Fatimah. Elle l'étonne aussi. Elle ne comprend pas comment une femme qui vient de vivre un tel drame peut penser à quelqu'un d'autre qu'à son enfant. En l'occurrence à elle, qui n'intéresse, semble-t-il, ni son mari ni sa belle-famille. Jamais, en fait, elle n'a vraiment suscité l'affection jusque-là.

Ces sentiments, nouveaux dans sa vie, la poussent à se battre. Kamal l'a remarqué : depuis ces derniers jours, Fatimah redouble d'efforts durant les séances de kiné. Aujourd'hui encore la jeune femme l'impressionne. Rien ne l'arrête, ni la douleur, ni ses articulations raides.

Kamal est face à elle. Il lève le bras droit, se penche et étire tout son côté. «Regarde, fais comme moi. Il faut que tu forces comme ça. Ton côté est aujourd'hui bloqué par les brides liées aux cicatrices. Tu dois avoir l'impression que ta peau est trop petite pour ton corps. Mais en faisant ce mouvement à fond, un peu tous les jours, tu vas progressivement gagner en souplesse.»

Fatimah, face à lui, écarte un peu son voile qui la gêne. Elle lève elle aussi le bras droit – moins haut, bien sûr – et se penche. La douleur la limite mais elle serre les dents et tente de progresser de quelques centimètres. Comme il le lui a appris, elle souffle, sur la douleur. Et elle maintient cette position. Elle sent l'importance de ce travail. Puis, quand elle n'en peut plus, elle se redresse, respire profondément et recommence, avant de changer de bras.

Kamal la regarde et l'admire en silence. Quel courage ! Ses autres patientes font elles aussi ces gestes de rééducation mais, quand la douleur est trop vive, la peau trop étirée, elles relâchent le mouvement. Fatimah, elle, souffle et insiste, cherchant toujours à aller plus loin. Et quand elle est au maximum, elle reste sur la douleur, et tient de longues secondes.

À tel point que c'est Kamal qui lui dit d'arrêter :

«C'est bien pour aujourd'hui. N'exagère pas. Va marcher un peu.»

Marcher, c'est aussi de la rééducation.

Fatimah se dirige vers les barres parallèles. Au milieu, un tapis. Elle attrape les barres comme elle peut, malgré ses bandages et ses mains figées et douloureuses. Et elle avance un pied, puis l'autre. Arrivée au bout, elle se retourne et recommence, avec patience. C'est difficile, ses jambes, ses hanches lui font mal, mais il faut qu'elle se force à transformer les tout petits pas lents qu'elle fait depuis qu'elle a le droit de se lever, et qui l'épuisent au bout de quelques mètres, en une marche correcte. Mais là, elle ne parvient pas à surmonter sa fatigue, sa douleur. Kamal le voit et vient vers elle : «C'est bien, arrête-toi. Si tu en fais trop, tu vas perdre tous les bénéfices de ton travail. Repose-toi un peu. Puis je te masserai avant que tu ne remontes dans ta chambre.»

Fatimah s'assied sur une chaise et regarde les autres femmes qui travaillent. Elle les connaît toutes à présent ; certaines lui ont raconté leur histoire. Toutes sont brûlées, mais peu le sont aussi gravement qu'elle. Cette différence, elle la mesure pleinement. Parfois, elle les envie. Ainsi Zorah, une toute jeune fille qui a les deux bras et le thorax brûlés, va pouvoir rentrer chez elle dans quelques jours, avec des pansements, de la rééducation à faire mais un visage intact : l'explosion du réchaud qui a provoqué ces brûlures a épargné ses yeux, son nez, sa bouche. Tout est caché sous la blouse. Fatimah est jalouse de cette enfant. Parce que le feu n'a pas tout détruit chez elle. Parce qu'elle n'aura pas à se dissimuler toute sa vie. Parce qu'un jour un homme pourra l'aimer, et que ses enfants, quand elle en aura, pourront la regarder en face sans frémir. Pourquoi Zorah a-t-elle eu le visage épargné et pas elle ?

Et même temps, elle sent la honte affluer en elle, comme une vague boueuse, sale. Comment peut-elle éprouver de tels sentiments ? Aurait-elle perdu son humanité en même temps que son visage ? Cette pensée la fait frémir.

Un soir, elle s'en est ouverte à Malika, la seule à qui elle puisse avouer des sentiments aussi bas et vils. Et Malika a évidemment compris. Et partagé : elle aussi avait envié les mères croisées dans le jardin de l'hôpital qui accompagnaient leur enfant et qui bientôt le ramèneraient à la maison, vivant. Que lui restait-il, à elle ? Rien, hormis le souvenir de son petit garçon. Elle aussi aurait volontiers échangé son sort contre celui des autres mamans. Mais elle n'en a pas honte, elle trouve ça normal, humain. C'est ce qu'elle a expliqué ce soir-là à Fatimah. Elles sont restées un long moment à discuter. Fatimah se souvient de lui avoir dit : « Ne me laisse jamais m'aigrir. Empêche-moi d'être envieuse. Assure-toi que je reste généreuse. »

Malika a répondu : « C'est promis. De toute façon, maintenant, on ne se perdra pas de vue. Toi et moi, c'est pour toujours. »

Repenser à cela, à cette promesse, lui redonne du courage et lui permet de regarder ces femmes qui, comme elle, travaillent à se reconstruire, sans envie, sans haine surtout. Un apaisement salvateur naît en elle.

Kamal, qui l'observe depuis un moment, voit une expression de paix envahir son visage, alors qu'auparavant le chagrin, le dégoût, la révolte s'y lisaient. Il comprend ce qu'elle vit mais ne peut l'aider : c'est un chemin qu'elle doit faire seule, jusqu'à parvenir à dépasser la colère, le refus, la jalousie.

Maintenant qu'elle est plus calme, il s'approche d'elle et s'assoit à son côté : « Tu me donnes ta main ? »

Fatimah sort de sa tunique son bras, qu'elle avait replié et serré contre elle, et lui tend la main. Kamal retire les bandages qui restent et, avec douceur et fermeté, masse la peau. Les doigts, les uns après les autres, sur toute leur longueur. Puis la paume. Et enfin le dos de la main. C'est long. Il faut être patient pour que le travail soit efficace. C'est douloureux, il le sait, mais il est nécessaire d'assouplir les cicatrices.

Il passe ensuite à l'autre main. Tout cela dans le silence. Mais un silence qui, loin d'être vide, est rempli de leurs pensées. Fatimah réfléchit à ce que ses mains pourront refaire, peut-être, un jour. Kamal, lui, aimerait savoir ce qui est arrivé à cette femme. Lors de l'accident, mais aussi avant. Il n'a jamais rencontré une personnalité telle que la sienne, faite de douleurs accumulées, de blessures et de renoncement, comme si sa vie n'avait été marquée que de drames. Il voudrait lui parler de ce qu'il perçoit derrière son voile, qu'elle rabat de plus en plus bas chaque jour, à hauteur du ventre. Il l'a observée quand elle s'étire, quand elle marche le long des barres. Il a vu le renflement, discret mais réel. Pourquoi cache-t-elle son état ?

Lui en parler est délicat. Il faut qu'il s'en ouvre à Omar, qu'ensemble ils trouvent la bonne personne pour aborder ce sujet avec Fatimah. Parce que ce bébé manifestement se fait le plus petit possible, mais il va grossir et un jour vouloir sortir. Il ne pourra plus être caché, alors.

Il la sent tellement perdue dans ses pensées qu'il n'ose la déranger en interrompant brutalement le massage. Doucement il ralentit son rythme, puis s'arrête et déroule de nouvelles bandes dont il enveloppe les mains de Fatimah. Celle-ci semble revenir à la réalité. Elle regarde Kamal et lui sourit, une vision qui le touche toujours droit au cœur.

« Voilà, Fatimah, c'est tout pour aujourd'hui. On se voit après-demain ?

— Oui, merci. Pour tout. Vraiment. »

Elle se lève, saisit les deux pans de son voile de ce nouveau geste qu'elle a depuis quelque temps, et les rabat le plus bas possible sur son ventre. Puis elle se dirige vers la sortie, droite, toujours très droite.

Malgré les pansements, les petits pas lents et raides, elle est fière. Kamal admire ce port digne, qui témoigne de la résistance de ce corps terriblement blessé.

Fatimah retourne à sa chambre. Malika va arriver, elle l'attend. Aujourd'hui, elle doit lui parler de quelque chose d'important. Ce qu'elle a à lui dire, elle ne peut plus le différer.

Kamal quitte lui aussi la salle de rééducation. Il est en quête d'Omar, qu'il trouve dans son bureau, au téléphone. Il comprend qu'à l'autre bout du fil, c'est un chirurgien français qui lui parle de nouvelles techniques de réparation des brûlures.

Omar lui fait signe de s'asseoir. Kamal s'installe face à lui et patiente. Quelques minutes plus tard, la conversation se termine sur ces mots : « Bien, merci pour toutes ces explications. C'est effectivement vraiment intéressant. J'attends votre article. »

« Tu te rends compte, Kamal ! enchaîne Omar. En France, ils utilisent de la peau artificielle quand ils ne peuvent couvrir avec de la peau indemne du brûlé. C'est formidable ! Mais cher, évidemment, très cher. »

Devant le peu d'enthousiasme de son confrère, il s'interrompt.

« Tu voulais me voir pour quelque chose de précis ?

— Oui, il faut qu'on parle de Fatimah. »

Omar expire profondément, comme soulagé :

« Tu veux me parler de ce dont je veux te parler depuis plusieurs jours sans y parvenir, j'imagine ? »

Les deux hommes se sourient. Ils se connaissent si bien. Cela fait des années qu'ils travaillent ensemble, avec la même éthique, les mêmes préoccupations.

« Tu veux me parler du bébé qu'elle attend et qu'elle dissimule, reprend Omar, comme si nous n'étions pas des professionnels, ni même des hommes, comme si nous n'allions rien voir ?

— Oui, bien sûr. À quel terme est-elle, à ton avis ?

— Je ne sais pas précisément. Quand elle est arrivée, je n'ai pas pensé une seconde qu'elle pouvait être enceinte. On ne voyait rien. Les semaines qui ont suivi, lors des différentes greffes que j'ai faites, je n'ai rien vu non plus. Mais ce n'est guère étonnant. Elle devait en être au deuxième mois ou au tout début du troisième. Peut-être qu'en temps normal, je me serais interrogé. Mais tu sais comme moi que, lors des examens ou des interventions, on a les yeux fixés sur les brûlures, les zones à vif ou celles qui cicatrisent, on guette les brides qui se forment. On ne regarde pas le ventre pour y détecter un éventuel renflement. Et puis, rappelle-toi les femmes qui sont arrivées ici enceintes. Aucune, je crois, n'a gardé son bébé. Comment un fœtus pourrait-il survivre à cet enfer ? Ce traumatisme inhumain ! Tu te souviens de Hedar, il y a deux ans ? »

À ce seul nom, le visage de Kamal se ferme. Cette femme est restée pour eux deux un souvenir douloureux.

Elle était arrivée un soir de mai, amenée par son mari. Brûlée au troisième degré sur 80 % de la surface de son corps. C'était soi-disant le réchaud qui avait pris feu, mais le regard fuyant du mari les avait alertés immédiatement. Elle était encore consciente et souffrait atrocement. Le feu avait épargné la peau du ventre, ce ventre qui pointait, abritant un petit. Elle était enceinte de cinq mois. Le bébé avait survécu un mois, et puis il était mort. Quand elle l'avait compris, Hedar était devenue comme folle ; elle avait renoncé à se battre. Deux jours plus tard, elle mourait à son tour. Omar et Kamal avaient appris, par une sœur de Hedar, que le bébé n'était pas du mari, mais d'un cousin qu'elle aimait en secret. Le mari avait brûlé sa femme pour la punir. Ils avaient tout fait pour la sauver, ils avaient cru le combat gagné, mais la mort de l'enfant avait signé celle de la mère, et contre cela ils avaient été impuissants.

Il y en a eu d'autres, bien sûr, des histoires comme celle-là, et il y en aura d'autres encore. Mais Hedar, ils s'y étaient attachés. Son courage, le combat qu'elle menait pour son enfant leur en avaient imposé. Tout comme Fatimah les impressionne et leur donne une leçon de dignité. C'est pour cela qu'ils s'intéressent à elle, à la femme qu'elle est autant qu'à la patiente.

Les deux hommes sont silencieux, perdus dans leurs souvenirs. Omar reprend :

« Pour répondre à ta question, je pense qu'elle en est à trois, ou plutôt quatre mois. Cela fait une quinzaine de jours que je me suis aperçu de quelque chose, en fait.

— Oui, je dirais ça aussi. Ça commence à se voir, même si elle se tient voûtée, quand elle est avec moi, pour le cacher le plus possible. Mais malgré le voile, maintenant on devine. Ce que je ne comprends pas, c'est comment ce petit a survécu durant toutes ces semaines.

— Cela va te paraître un peu ridicule, mais je pense qu'il s'est accroché et que Fatimah l'a retenu. C'était ça ou elle mourait.

— Je pense comme toi. Mais ce que j'aimerais connaître, c'est l'histoire de ce bébé. Comment se fait-il qu'il soit ainsi caché? Parce que, clairement, Fatimah fait tout pour que personne ne devine sa grossesse. Pas une fois elle ne l'a évoquée. Et je ne suis pas sûr que son mari soit au courant. Il est vrai que l'accident a dû avoir lieu durant les premières semaines. Mais elle devait le savoir. Or jamais son mari ne m'a demandé des nouvelles du bébé. À sa dernière visite, il y a une dizaine de jours, il n'a pas dit un mot sur ce sujet. Il doit l'ignorer et elle lui cache cet événement, à lui aussi. Mais...

— Quoi? Qu'y a-t-il, Kamal?»

Kamal réfléchit, paraît troublé. Les secondes passent, son visage se transforme, il semble revivre une scène.

«Mais qu'est-ce que tu as? insiste Omar.

— C'est moi, c'est ma faute, ça m'a échappé! répond Kamal, ébranlé.

— Qu'est-ce qui t'a échappé?

— Quand son mari est venu la dernière fois, sou-viens-toi, tu lui as parlé de la rééducation, du travail qu'elle faisait avec moi et de la confiance qu'elle avait en moi. Tu as dû lui dire, je ne sais pas en quels termes, que des liens commençaient à nous unir, ou quelque chose comme ça.

— Oui, peut-être. Je lui explique chaque fois où elle en est, je lui parle de ses progrès. Et alors ?

— Et alors il est venu me voir juste après. Il était assez agressif. Une colère rentrée. Tu sais, comme quand tu rumines une pensée qui te préoccupe.

— Et qu'est-ce qu'il ruminait ?

— Attends, je te raconte. Il s'est présenté et tout de suite m'a pour ainsi dire attaqué : "C'est vous Kamal ? C'est vous qui vous occupez de ma femme ?" Il a ajouté : "Vous travaillez comment avec elle ? Souvent ? Ça se passe comment ?" Ce n'étaient pas des questions comme on en a l'habitude. Il ne s'intéressait pas aux progrès de sa femme, il était franchement désagréable. J'ai voulu le calmer, et je me souviens maintenant de lui avoir dit exactement cela : "Oui, nous travaillons très bien. Votre femme progresse beaucoup, elle est très courageuse. Mais elle ne le fait pas que pour elle, vous savez, elle travaille pour elle *et* pour votre bébé."

— Ce n'est pas vrai, tu ne lui as pas dit ça ?

— Si. J'avais découvert depuis peu qu'elle était enceinte. Je n'avais pas compris qu'elle le cachait. C'est après que j'ai réfléchi à tout cela. Je suis désolé, soupire Kamal, mais je sentais le besoin de me défendre et j'ai dit ça pour qu'il comprenne ce qui était important.

— Mais comment a-t-il réagi ?

— Justement, il n'a pas eu de réaction particulière. C'est maintenant qu'on en parle que je réalise ce que j'ai dit. Sur le coup, ça ne m'a pas alerté puisqu'il n'a rien manifesté à mes propos. Il a simplement mis un terme à la conversation, ce qui m'a soulagé, et il est parti. Tu sais qu'il n'est pas bavard, ce n'est pas simple de savoir ce qu'il pense. »

Ils sont sûrs, à présent, que Jalal n'était pas au courant et que cette annonce l'a dérouté.

«Que faire? demande Kamal, gêné. Comment savoir ce qui se cache derrière tout ça?»

Confusément, ils pensent la même chose : il va falloir aborder cette question avec Fatimah. Ne serait-ce que parce qu'ils sont obligés de tenir compte de son état dans la suite des soins, les interventions prévues et même la rééducation. Mais aussi pour des raisons psychologiques, parce que le fait de leur dissimuler sa grossesse est certainement douloureux pour elle.

Comment s'y prendre avec cette patiente, exemplaire certes, mais qui peut également se fermer complètement, devenir inabordable? Ils en ont fait l'expérience tous les deux et savent qu'il a fallu du temps pour gagner sa confiance.

Après un long silence, Kamal reprend la parole :

«Écoute, Omar, j'ai sûrement eu tort et j'en suis désolé. Mais c'est fait, je ne peux pas revenir en arrière. Il est clair que Fatimah cache sa grossesse à tout le monde. Il faut qu'on arrive à lui en parler, que l'on comprenne ce qu'elle garde ainsi pour elle. Il faut avancer, c'est indispensable pour elle et pour son bébé. Qu'en penses-tu?

— Tu as raison, Kamal. Réfléchissons chacun de notre côté à la meilleure façon de lui parler, au moment le plus opportun. Moi, je la vois demain matin pour des soins ; toi, tu as une séance avec elle?

— Non, seulement après-demain, mais je vais ajouter une séance demain après-midi.

— Bien. Observons-la. Éventuellement, évoquons délicatement la question et voyons comment elle réagit. Et on en reparle demain en fin de journée?

— Ça marche. »

Les deux hommes sont soulagés d'avoir avancé, de s'être dit ce qu'ils avaient tous deux sur le cœur. Ils ont presque hâte d'être à demain, pour revoir Fatimah et tenter de briser ce mur de silence. Ce sera moins difficile à deux.

12

Même jour, à l'hôpital, 18 h 30

Fatimah étouffe dans sa chambre, où elle se sent enfermée. Depuis ce matin, son esprit tourne en rond. Elle a besoin de parler, de se décharger du trop-plein de souffrances et du secret qu'elle porte. Sa séance de kiné avec Kamal l'a distraite un moment, mais tout est revenu ensuite. Il faut qu'elle respire.

Elle se lève, tout doucement pour ne pas augmenter ses douleurs qui sont aujourd'hui importantes. À tout petits pas, elle descend l'escalier et se rend dans le jardin, espérant pouvoir y réfléchir, y mettre ses idées en ordre. Elle a besoin d'air mais aussi d'un peu de temps, seule, avant la visite de Malika.

Avant de pénétrer dans ce qu'elle considère comme un havre de paix, ces allées qui entourent la fontaine et que bordent des arbres centenaires, elle vérifie que personne ne s'y trouve. Ce n'est pas seulement la solitude qu'elle recherche, mais l'absence de regard, de jugement. Elle cache ses brûlures, son visage qui ne lui appartient plus, qu'elle ne reconnaît plus, mais surtout cette forme qui se précise sous son voile. Ce bébé qui veut se montrer est à elle et à personne d'autre. Cela fait quatre mois qu'elle sait qu'un enfant grandit dans son ventre et vit dans le silence, dans l'ignorance des autres. De celui qui l'a conçu, mais aussi de ses enfants. Encore que...

Fatimah pense à Farah, sa grande fille qui voit tout, qui devine tout. Qu'a-t-elle compris? Ce bébé était si petit à l'époque, quelques semaines à peine. Mais elle se souvient que les jours qui ont précédé le drame, son aînée était différente avec elle. Plus attentive, plus généreuse, plus à l'écoute que d'habitude. A-t-elle pu pressentir, sans qu'aucun mot ait été prononcé, que sa mère portait un enfant? Et un secret... A-t-elle perçu sa détresse? Et si oui, qu'a-t-elle pu penser? Pourquoi ne lui a-t-elle rien demandé?

Ce sont ces interrogations qui occupent souvent son esprit quand elle s'autorise à songer à sa vie d'avant, à ses filles qu'elle retrouvera un jour et qui peut-être ne la reconnaîtront pas. À cette seule idée, son cœur se serre, les larmes montent, la détresse la submerge, insoutenable. Il ne faut pas qu'elle se laisse aller, sinon elle ne pourra pas avancer. Et avec l'enfant dans son ventre elle n'a pas le choix, la vie est devant elle, quoi qu'elle veuille.

Ses pensées l'ont arrêtée dans son mouvement, comme souvent. Elle s'oblige, une fois encore, à réinvestir l'instant présent. Voyant que le jardin est désert, elle y pénètre et se dirige vers la fontaine. Dans un coin, à l'ombre, se trouve son banc qui accueille d'habitude ses réflexions et confidences muettes. Elle s'y installe et, machinalement, enroule son voile autour d'elle comme si quelqu'un cherchait à apprécier sa taille qui commence à se déformer. Ne rien montrer, une obligation.

Alors qu'elle est occupée à dissimuler son enfant, lui seul habite toutes ses pensées. Il est ce qu'il y a de plus important pour elle car il est celui qui la retient à cette vie pitoyable qui semble l'attendre. Elle a une vraie dette envers cet être qui n'a rien demandé, surtout pas d'avoir été conçu dans de telles conditions, et qui s'est accroché, a lutté pour vivre malgré tout ce qu'elle lui a fait subir.

Car quand elle a su que de cet acte un enfant allait naître, elle a tout fait pour qu'il n'existe pas. Elle s'est frappé le ventre, tant de fois. Elle a tenté, par des gestes simples venus d'un autre temps, de le faire partir. Elle est même allée au village voisin voir la belle-mère d'une de ses amies qui sait faire passer les bébés avec des plantes. Pendant huit jours, elle s'est relevée la nuit sans faire de bruit pour se préparer des tisanes de ces plantes, des tisanes au goût tellement amer que les boire était déjà une punition. Et pour mieux se punir elle n'ajoutait aucun sucre, ne s'autorisant aucune douceur. Il fallait expier, jusqu'à la lie. Elle guettait avec anxiété les saignements, espérait les douleurs. Plus elles auraient été fortes, plus elle les aurait vécues comme libératoires.

Mais ni les plantes ni les coups n'ont eu raison de cet être qui avait décidé de poursuivre sa vie envers et contre tout, y compris sa propre mère. En repensant à ces jours qui lui laissent un si fort sentiment de culpabilité, Fatimah pose une main sur son ventre pour apporter de la chaleur à son enfant, qu'elle accepte aujourd'hui, et qu'elle aime de toute son âme, d'autant plus fort qu'elle l'a haï. À peine a-t-elle établi ce contact qu'elle sent son bébé se rapprocher de sa main. Elle en frémit.

Ce mouvement dans son ventre lui donne brutalement une force incroyable, elle est galvanisée par l'amour qui émane de l'être accroché – et bien accroché – à elle, niché dans son ventre. Son enfant ne lui en veut pas, il lui pardonne, tout.

Elle ferme les yeux, tente de vider un peu son esprit de toute sa souffrance et de son angoisse. Elle se fixe sur l'instant présent, et tente de «voir» son enfant, d'entrer par ce contact en communion avec lui. De lui dire ce qu'elle s'interdit de penser depuis tous ces jours. De lui raconter comment il est arrivé là.

Le temps s'arrête. Seul le bruissement des feuilles est perceptible. Plus un pleur, plus un cri de douleur, plus aucun de ces bruits si présents dans cet hôpital où tout est souffrance. La brise et elle seule. Fatimah s'emplit de ce moment de paix, où tout est suspendu. Brusquement, un crissement de gravier. Quelqu'un est entré dans le jardin. Fatimah peine à s'extraire de ces instants magiques. Elle se force à ouvrir les yeux, se redresse en rajustant son voile bien serré autour d'elle. Elle se retourne et voit Malika qui s'avance depuis l'entrée. C'est un signe : elle est dérangée par la seule personne qu'elle ait envie de voir, qui puisse la comprendre et peut-être l'aider. Elle savait que le moment était venu, elle en est sûre à présent. Elle ne peut plus reculer.

Tandis que Malika s'avance, Fatimah se tient droite. Elle l'attend.

13

Même jour, à l'hôpital, 19 h 30

Malika pénètre dans le jardin. Le jour commence à baisser, la température devient plus clémente. Il fait bon, sous les arbres.

Debout, Fatimah attend que son amie la rejoigne. Elle ne peut s'approcher d'elle pour l'embrasser, tout contact lui est encore impossible, mais leur proximité est telle qu'elles n'en ont pas besoin.

« Bonsoir, Fatimah, comment vas-tu aujourd'hui ?

— Bien. Bonsoir, Malika, je suis heureuse de te voir. Veux-tu t'asseoir ici un moment ? Il n'y a personne. On peut parler. »

Malika comprend immédiatement que cela signifie « je peux parler ». Elle se sent soulagée : cela fait tant de jours qu'elle sent Fatimah lourde de confidences qui ne se disent pas. Elle a hâte que son amie se décharge sur elle de tout ce qui l'encombre, qu'elle se confie, elle qui l'a tant aidée et l'aide encore tous les jours.

Elles s'installent toutes les deux sur le banc. Fatimah regarde devant elle mais elle est si proche de Malika que c'est comme si elle la regardait dans les yeux.

« Malika, il n'y a qu'à toi que je peux parler, veux-tu tout entendre ? Puis-je te raconter ? Je n'en peux plus de garder mes secrets.

— Bien sûr, Fatimah, je suis là pour toi, et j'ai tout mon temps. Tu es mon amie, je t'écouterai tant que tu veux et t'aiderai au mieux. »

Fatimah se concentre, hésite quelques instants, puis se lance :

« Tu as peut-être vu ce que je cache ? »

Enfin.

« Tu es enceinte, n'est-ce pas ? demande doucement Malika.

— Oui, répond Fatimah, dont le visage ravagé s'éclaire d'un doux sourire. Oui, et je n'osais pas te le dire. Pas à toi. Pas après ce que tu as vécu. »

Malika avait bien deviné ce qui freinait son amie.

« Rien ne me rendra mon enfant, rien. Je le pleure tous les jours. Mais ton malheur ne me réconforte pas, au contraire. Si ce bébé peut te faire du bien, j'en suis heureuse pour toi, sincèrement. Tu peux me croire.

— Merci, répond Fatimah. Mais ce n'est pas un bonheur, enfin, c'est une histoire si difficile...

— Je t'écoute, raconte-moi. »

Fatimah reste un moment silencieuse, comme pour puiser de l'énergie en elle-même. Il faut de la force pour mettre des mots sur ces images qui la hantent depuis si longtemps.

« Cet enfant n'est pas celui de mon mari. Et mon mari ne sait même pas que j'attends un enfant. Je ne lui ai rien dit. Au début, cela ne se voyait pas. Et depuis

104

l'accident il n'est jamais venu me voir, alors il ne sait pas, pour l'enfant, pour son père, pour rien. »

Un temps. Malika attend, elle sent qu'il ne faut pas poser de questions, brusquer les confidences. Celles-ci, à peine entamées, pourraient s'arrêter net. Fatimah reprend d'une voix triste :

« Tout a commencé il y a maintenant un an. C'est le maître, le maître de ma fille. Enfin non, c'est plus compliqué que ça. Mon mari, tu sais, je ne l'aime pas, je ne l'ai jamais aimé. On m'a mariée avec lui. Ce sont mes parents qui ont arrangé le mariage, j'étais toute jeune, contente de leur obéir même si j'avais un peu peur. Je connaissais à peine Jalal avant de l'épouser, je l'avais vu deux fois. Il me paraissait gentil, il était beau. Quand mes parents m'ont dit qu'ils avaient tout arrangé, j'ai dit d'accord.

« Je ne peux pas vraiment me plaindre, il n'est pas méchant, ne me bat pas. Mais j'ai mal quand il vient la nuit. Là, il est brutal, et se moque quand parfois je pleure. Il me dit que c'est le sort de toutes les femmes. Alors j'accepte. Mais chaque nuit, mon cœur et mon esprit voudraient s'envoler ailleurs. Ce sont les enfants qui me retiennent à lui. Ils sont mignons, si gentils, je les aime tellement. Farah, Fidan, ma petite Leila, et mon Firouz. Il était si beau, tout le monde l'adorait. Mon mari m'en a tellement voulu de sa mort. Après l'accident, il a été encore plus brutal, comme pour me le faire payer. Il disait que c'était ma faute, que j'aurais dû mieux le surveiller, que Firouz était sa réussite et qu'il n'était pas fier de moi. Mais le temps a passé et la vie a continué. Une vie ni meilleure ni pire qu'une autre avec les enfants, Jalal, ses sœurs qui m'acceptaient sans vraiment m'aimer. Quant à ma belle-mère, elle a toujours été dure avec moi, mais, pour être honnête, elle est dure avec tout le monde.

« Tu sais, je ne me suis jamais sentie chez moi dans cette maison. On me faisait comprendre que je n'étais pas de la famille. Oh, ils étaient contents que mes parents leur donnent de l'argent tous les mois, mais cela ne s'est jamais transformé en affection. C'était dur, mais tu sais comment c'est : les journées passent vite entre les enfants, le ménage, le linge, les repas. Je n'avais pas trop le temps de penser. Simplement, parfois, quand j'entendais dans une maison voisine des filles rire entre elles ou chanter en préparant le repas, j'étais triste. Mais ça aurait pu durer toute la vie comme ça... si à l'école de ma fille un nouveau maître n'était pas arrivé. C'était l'année dernière. »

Elle s'arrête. Un sourire naît sur ses lèvres. Malika sent que son amie va lui parler d'un moment de son existence qui a ressemblé à du bonheur. Elle sourit à son tour pour l'inciter à continuer. Elle veut que Fatimah sente cette communion entre elles, brisées par la vie mais encore capables d'écoute et d'entraide. Encouragée par son regard bienveillant, Fatimah poursuit, et son sourire s'accentue :

« Cela faisait un moment que l'on parlait de remplacer la maîtresse de Farah, elle était très malade, un cancer, je crois. On voyait bien qu'elle était très fatiguée, et donc irritable avec les enfants, c'est normal quand on est si malade. En tout cas, elle n'y arrivait plus. Elle avait demandé à arrêter, mais il fallait attendre que quelqu'un prenne la relève. Et puis, un lundi, elle n'est pas venue, le mardi non plus, ni le mercredi. On a su alors qu'elle était à l'hôpital, très, très malade. Et le même jour, ma voisine, qui est toujours au courant de tout, m'a dit qu'un maître arrivait dans l'après-midi et qu'il ouvrirait la classe dès le lendemain. J'espérais que Farah s'entendrait avec lui aussi bien qu'avec sa maîtresse, elle y était très attachée malgré ses colères parfois injustifiées.

« Le jeudi matin, donc, j'ai accompagné comme tous les jours Farah à l'école. C'était en novembre, le 10, tu vois si ma mémoire est bonne pour certaines choses. La journée s'annonçait belle, fraîche mais belle. J'avais déposé Fidan à son école maternelle, puis nous nous sommes retrouvées toutes les deux, Farah et moi, à discuter. Elle me posait mille questions sur son maître : "Quel âge peut-il avoir ? Tu crois qu'il est gentil ? qu'il m'aimera ? qu'il nous racontera des histoires ? Et où était-il jusqu'à présent ? Est-il habitué aux enfants de notre âge ?" Et j'en passe. Comme si je pouvais, moi, répondre à ces questions alors que je ne l'avais jamais vu. Mais j'étais presque aussi impatiente que Farah de le rencontrer. Il faut dire que notre village est petit et qu'il ne s'y passe pas grand-chose. Alors un nouveau maître, c'est vraiment un événement. Nous sommes arrivées un peu en avance à l'école et je peux te dire qu'il régnait une grande agitation dans la cour. On sentait que toutes les élèves étaient dans le même état d'excitation que Farah et se posaient les mêmes questions.

« Nous nous sommes approchées de Belen, une amie de Farah, et de sa maman, Efsan, avec qui je m'entends bien.

« "Fatimah, bonjour, alors tu es impatiente comme moi ?

« – Oui, Efsan, j'ai hâte de voir ce nouveau maître. Il vient de la ville, m'a-t-on dit ?

« – Oui, mais il est tout jeune, tu sais, je l'ai aperçu quand il est arrivé.

« – Il est déjà là ?

« – Oui, nous étions très en avance avec Belen, nous l'avons vu entrer dans la classe. Tu vois, la lumière est allumée, il doit se préparer.

« – Je vais l'attendre, je voudrais le voir. Mais après il faut que je me dépêche, j'ai tout le linge aujourd'hui. »

« Nous avons discuté quelques instants, avant d'être interrompues par la cloche. Alors que les petites filles se mettaient en rangs par deux, j'ai vu sortir de la classe un homme grand, très brun, très mince. Il semblait effectivement bien jeune. Il a longé la rangée de ses élèves pour s'approcher des mères. "Bonjour, a-t-il dit d'une voix très douce, je suis Samal Moustapha, le nouveau maître de vos enfants. Je sais qu'il est difficile de changer de maître durant l'année, mais cela va bien se passer. Les petites vont s'habituer à moi, n'ayez pas d'inquiétude." Il a marqué un temps et ajouté : "Peut-être pensez-vous que je suis un peu jeune pour cette tâche, mais j'ai de l'expérience et je n'aime rien tant qu'enseigner. Tout va bien se passer."

« Il paraissait soulagé d'avoir dit ces quelques mots, d'avoir répété "tout va bien se passer". Il s'est détendu et a souri. Un sourire, Malika, dit Fatimah avec une voix où perçait la nostalgie, si doux qu'il m'est arrivé en plein cœur. Je ne savais pas qu'un homme pouvait être doux, ça m'a retournée. J'ai eu presque du mal, tu sais, à quitter la cour. J'avais encore envie de sentir cette douceur.

« Mais les élèves avaient suivi le maître et venaient d'entrer dans la classe. Il fallait maintenant attendre 17 heures. Et j'ai passé cette première journée comme sur un nuage. Il est difficile d'expliquer ce sentiment, j'étais à la fois légère et tendue, dans l'attente de la fin de journée, du moment où j'allais retourner chercher ma fille.

— Mais c'est un vrai coup de foudre que tu me racontes là, Fatimah !

— Oui, je crois que c'était ça. » Ce « oui », Fatimah le prononce à voix très basse, comme s'il n'appartenait qu'à elle. « Tu n'y crois pas ? »

Malika regarde son amie, elle ne l'a jamais vue comme ça. Évoquer ce souvenir l'a transformée. Elle ne voit plus les bandages, les cicatrices, les rougeurs, la peau figée, elle voit une femme qui rayonne. Elle mesure à quel point Fatimah a dû être belle avant ce drame. Cela l'émeut, et elle tarde à répondre.

« Tu ne crois pas au coup de foudre ? répète Fatimah.

— Si, bien sûr que j'y crois. Ça ne m'est jamais arrivé mais oui, pourquoi pas ? Et alors, quand tu l'as revu, le soir ?

— Oh, eh bien, tu sais, il ne m'a pas remarquée plus qu'une autre. J'étais dans la cour avec une bonne demi-heure d'avance, comme tu peux l'imaginer. Les mamans sont arrivées les unes après les autres. La cloche a sonné. J'étais tout près de la porte, exprès, bien sûr. Elle s'est ouverte, le maître est apparu, mais il est resté à l'entrée de sa classe et a surveillé les petites qui sortaient. Farah m'a sauté au cou, ce qui m'a un peu gênée pour bien le voir, mais évidemment je n'allais pas la repousser. Elle a été l'une des dernières à sortir, et quelques instants plus tard il est rentré dans la classe et a refermé la porte derrière lui. Tu vois, je n'ai fait que l'entrevoir, ce soir-là. Mais j'ai posé mille questions à Farah. C'était mon tour, cette fois : "Alors, comment est-il? Ça s'est bien passé? Tu l'as trouvé gentil? Par rapport à ta maîtresse, tu le trouves comment?" Etc. Ce qui m'intéressait, c'était moins ce qu'il leur avait fait faire comme travail que ce qu'avait pensé ma fille de cet homme. Farah ne s'est pas fait prier, elle avait envie de parler et de raconter. "Oh oui, Maman, ça s'est bien passé. Il est très gentil. Tu sais qu'il sourit beaucoup, ça c'est vraiment agréable. Du coup, j'ai osé répondre quand il a interrogé, j'ai même posé une question. Et il a répondu sans me gronder. C'est bien, non?"

«Je peux te promettre, Malika, que l'on est rentrées toutes les deux le cœur léger. Arrivée à la maison, j'ai retrouvé Fidan que sa tante était allée chercher et je me suis mise à préparer le dîner avec un dynamisme renouvelé. Rien ne m'ennuyait ce soir-là, ni les remarques comme toujours un peu désagréables d'Imen, ni le ton cassant de ma belle-mère. En fait, je n'entendais même pas, j'étais ailleurs, à l'école de ma fille, je crois bien.»

Fatimah marque une pause dans son récit, hésite, puis reprend : «Seulement, le soir, les enfants couchés, j'ai tout fait pour rester dans la pièce. J'ai trouvé de l'ouvrage en retard, de la couture. Je ne voulais pas que Jalal me touche. Pas ce soir. Mais ça tombait bien, il avait eu un chantier fatigant. Il s'est couché tôt et endormi tout de suite. J'ai entendu un léger ronflement qui venait de notre lit. Tu n'imagines pas comme j'ai aimé ce bruit!»

Malika écoute et attend la suite avec curiosité. Elle ne voit pas son amie enceinte d'un autre homme que son époux. Rêver d'un autre, c'est une chose, mais de là à... c'est difficile à concevoir. Fatimah n'est pas du genre à tromper son mari.

Mais la pause se prolonge. Fatimah est repartie dans ses rêveries, ses souvenirs. Une douceur émane de son visage meurtri. Malika n'ose interrompre ce songe qui l'apaise.

Curieusement, leurs pensées ont dû se croiser.

«Malika, je ne voudrais pas que tu me juges mal. Jamais, depuis mon mariage, je n'avais regardé un autre homme. Jamais je n'aurais pu imaginer l'état dans lequel je me trouvais ce soir-là. C'est tellement loin de moi, ce genre de sentiment. Ça s'est fait malgré moi, tu comprends. Le simple fait de voir un homme au comportement différent, un homme qui semblait doux et gentil, m'a fait prendre la mesure de ma vie – et de l'homme auquel j'étais mariée.

— Je comprends, Fatimah, et je ne te juge pas, rassure-toi. Qui suis-je pour te juger? Tu es une femme comme moi, avec tes forces et tes faiblesses. Mais je voudrais savoir ce qui s'est passé après. Les jours suivants.» Une pause... «Jusqu'au bébé», ose-t-elle. Car c'est cela qui la tracasse vraiment. Ce bébé peut-il être l'enfant de cet homme, aimé au premier regard?

Fatimah se crispe; son visage, paisible jusque-là, se tend. Elle regarde Malika: «Tu penses que ce bébé est celui de Samal? C'est ça? Tu me vois comme ça? C'est ça que tu penses de moi? Mais non, il n'est pas de...»

Elle ne peut terminer sa phrase, les mots s'étranglent dans sa gorge. Ses larmes coulent sur son visage, tentant de se frayer un chemin entre les pansements et les cicatrices. Ce spectacle est tellement triste qu'instinctivement Malika pose la main sur le bras de son amie. Pour qu'elle se calme.

«Mais, Fatimah, je n'ai rien dit! Et quoi qu'il se soit passé, c'est ta vie, ton histoire, ta douleur. Je suis là pour te comprendre, t'aimer, pas te faire du mal, te juger ou te reprocher un comportement quelconque. Ne le prends pas comme ça, s'il te plaît. »

Fatimah semble se ressaisir. Elle tente d'essuyer ses larmes avec son voile, d'un geste maladroit, renifle et esquisse un sourire en regardant son amie.

« Excuse-moi, je t'impose mon histoire, mes souvenirs et je te fais des reproches. Quelle amie je suis, vraiment ! Tu me pardonnes ?

— Je n'ai rien à te pardonner, je ne t'en veux pas du tout. »

Malika ravale son impatience de connaître la suite. Fatimah semble si bouleversée. Elle se tait et attend.

Des ombres se glissent dans le jardin. Seule Malika les voit. Ce sont Omar et Kamal. Tous deux scrutent l'obscurité qui s'installe, à la recherche de quelqu'un. Voyant les jeunes femmes ensemble, ils s'immobilisent. Omar met un doigt sur ses lèvres, un geste qui paraît destiné à Malika, laquelle fait comme si elle n'avait rien vu. Le médecin pose alors la main sur l'épaule de son collègue et discrètement, sans un bruit, ils se retirent du jardin.

Malika se retourne vers son amie. Celle-ci n'a rien vu. Elle s'essuie encore une fois le visage, tout doucement, pour ne pas raviver des douleurs, et rabaisse son voile.

« Tu veux bien venir avec moi dans ma chambre ? dit-elle. Il se fait tard, et il commence à faire frais. Tu veux bien ? »

C'est une pause que Fatimah lui demande.

« Bien sûr, rentrons. Mais si tu préfères, tu te reposes et je reviens demain.

— Non, non, surtout pas, il faut en finir», déclare Fatimah avec une certaine agressivité dans la voix, comme si la suite de l'histoire allait être beaucoup moins douce que ce que Malika a entendu jusque-là.

Les deux jeunes femmes se lèvent, Malika, doucement, passe son bras sous celui de Fatimah, et elles traversent le jardin à petits pas, gagnent les escaliers. Au deuxième étage, le couloir de gauche, et au bout la chambre de Fatimah. Elles y pénètrent, s'installent, l'une sur le lit, l'autre sur la chaise à côté. Pas un mot n'a été échangé durant ce bref répit dans le récit. Le temps, apparemment, pour Fatimah de reprendre des forces. Elle plante son regard dans celui de son amie, il est déterminé, plein de force. L'histoire peut reprendre.

14

«Depuis ce fameux jour, reprend Fatimah, ça a été comme dans un rêve. Je n'ai pas vu le temps passer. J'étais habitée par cet homme, par son sourire, sa douceur. Je me réveillais le matin, le cœur battant, mais aussi avec un sentiment de paix. J'étais excitée, curieuse de la suite, dans l'attente. J'avais enfin l'impression que l'avenir pouvait me réserver du bon !

«Tous les matins, je me levais, pour lui. Je me préparais, pour lui. Je me faisais belle, pour lui. Tout lui était destiné. Mais mes enfants recueillaient le fruit de ces attentions, grâce à ce cœur léger j'étais plus disponible pour eux. Farah m'a dit un matin : "Maman, on dirait que tu as un soleil dans le cœur." C'était exactement cela – comme toujours, ma fille chérie avait tout perçu, mais sans comprendre, heureusement, l'origine de ce soleil. Je faisais tout avec plaisir, les tâches de la maison, écouter les voisines ; je faisais même un effort avec Jalal. Oh, pas de gaieté de cœur, je ne supportais vraiment plus qu'il me touche, mais j'avais peur qu'il ne remarque quelque chose, alors je faisais semblant, encore plus qu'avant.

— Mais... », commence Malika, qui s'arrête, ne sachant comment formuler sa question.

Elle voudrait comprendre ce qui se passait entre son amie et le maître de sa fille. Concrètement, qu'avaient-ils échangé ? Délicat à demander...

Alors qu'elle cherche ses mots, Fatimah continue, anticipant sa question :

« Tu dois te demander ce qu'il y avait exactement derrière mon bonheur, parce qu'on peut bel et bien parler de bonheur. En fait, pas grand-chose, en tout cas au début. Les premières semaines, il ne s'est même rien passé du tout. C'est-à-dire que je ne crois pas qu'il ait fait attention à moi. Ou alors il n'en a vraiment rien montré. J'accompagnais Farah le matin, je venais la chercher le soir. Mais ça, je le faisais aussi avant. Simplement, je portais toujours une tunique que j'aimais particulièrement, j'arrivais un peu en avance, je me mettais plus près de la porte, et même, quand j'avais récupéré Farah, je restais discuter avec une ou deux mères en espérant qu'il me regarderait. Tu peux sourire, Malika, c'est vrai que c'était un comportement infantile : une adolescente n'aurait pas fait autrement ! Mais commande-t-on à son cœur ?

— Je ne crois pas, non. En tout cas, j'aurais sûrement fait comme toi, Fatimah, n'aie pas de doutes là-dessus. Mais dis-moi plutôt si cet homme a réagi, et comment.

— Eh bien, oui, il a réagi. Et lui aussi s'est comporté comme un tout jeune homme à ce moment-là. Imagine-toi qu'un matin, un matin comme les autres, je suis avec ma Farah dans la cour, attendant que la cloche sonne. Et je vois Samal s'approcher de moi. Tu ne peux pas savoir à quel point mon cœur s'est mis à battre fort dans ma poitrine. Je le regardais avec une telle intensité que je ne comprends même pas comment il n'a pas fondu sur place, le pauvre, ajoute-t-elle avec un sourire qui ne cesse de grandir. Il me salue comme il le fait avec toutes les mamans chaque jour et me dit : "Notre petite Farah est une bien bonne élève dans presque tous les domaines." J'ai dû me pincer pour écouter ce qu'il me disait. J'étais en extase, il a dû me trouver un peu idiote...

« "Presque, avez-vous dit ?

« – Oui, elle a quelques difficultés en mathématiques. Et pour qu'elle ne prenne pas de retard, je voudrais vous recommander quelques exercices à lui faire faire le soir.

« – Bien sûr, lesquels ?

« – Je vous donnerai cela tout à l'heure, si vous voulez bien, je suis déjà en retard. Pouvons-nous nous voir après la classe ?

« – Oui, je serai là à 17 heures et j'aurai un peu de temps devant moi."

« Je te résume ce dialogue facilement, mais je peux te garantir que je cherchais mes mots, tellement j'étais émue. Mais c'est quand il s'est retourné pour retrouver sa salle que j'ai compris qu'il était aussi troublé que moi. Car il n'était pas du tout en retard, contrairement à ce qu'il venait de me dire, son cours ne commençait qu'un bon quart d'heure plus tard. J'en ai souri, je trouvais cela si touchant.

« Toute la journée, j'ai attendu avec une impatience indescriptible que 17 heures arrivent ! Et en même temps, j'avais des moments d'angoisse, je me disais : "Mais tu es folle, qu'est-ce que tu fais ? Tu vas où, là ? Tu te rends compte que ton cœur bat pour un autre homme que ton mari ?"

« Je n'ai aucun souvenir de ce que j'ai fait entre 9 heures et 17 heures. Me suis-je occupée des petites ? Ai-je préparé les repas ? Je ne sais plus, honnêtement, c'est ainsi. Mon attention était entièrement tournée vers la fin de la journée. Et tu me croiras ou pas, mais je suis arrivée à l'école avec près d'une heure d'avance. Quand j'en ai pris conscience, j'ai eu peur que quelqu'un me voie si tôt dans la cour et se pose des questions. Je me suis éloignée un peu, me suis assise sur une pierre à l'ombre et ai attendu. À moins dix, je suis revenue et là, j'ai guetté fébrilement la fin de la classe. J'avais l'œil fixé sur la cloche comme si la regarder allait la faire sonner plus tôt.

— Et elle a attendu quand même 17 heures pour sonner, non ? dit en souriant Malika, car l'attitude juvénile de son amie l'amuse, malgré le drame qu'elle pressent.

— Oui, tu me trouves ridicule, n'est-ce pas ?

— Non, pas du tout, je te trouve touchante. C'est beau d'aimer, c'est rare et c'est beau. Même si cela ne doit pas durer, ni même exister complètement, la possibilité d'un amour, c'est magnifique. Ça devrait nous être donné à toutes. Mais notre monde est fait pour les hommes, pas pour les femmes, malheureusement. Excuse-moi, je m'égare avec mes considérations. Continue, Fatimah.

— Eh bien, la cloche a sonné, la porte de la salle s'est ouverte et les élèves sont sorties en rang retrouver leur maman ou leur grande sœur. Ma Farah est arrivée en dernier, elle se tenait au côté de son maître, très fière de cette distinction, et m'a souri en me voyant. J'ai attendu, par correction, qu'il me rejoigne. Il s'est avancé jusqu'à moi, en me regardant franchement. Pas comme d'habitude, où il garde toujours les yeux baissés; là, il me regardait, moi, tu te rends compte! J'étais heureuse de m'être bien habillée et maquillée, discrètement mais comme je sais le faire pour agrandir mes yeux. Enfin, comme je savais...»

Devant l'évocation de ce geste qui désormais appartient à un passé révolu, une ombre s'inscrit sur le visage de la jeune femme. Mais le souvenir et sa douceur l'emportent sur la tristesse. Elle reprend :

«Il m'a dit : "Allons nous asseoir sur le banc, cela vous convient?" Cela me convenait; j'aurais préféré, bien sûr, entrer dans la classe avec lui, mais ce n'était pas possible, ça n'aurait pas été convenable, tout de même.

«Nous nous sommes donc assis sur ce banc qui est contre le mur de l'école, et crois-moi, nous étions aussi maladroits l'un que l'autre. Nous n'osions pas nous regarder en face, cette proximité était gênante, mais nous en avions envie. Enfin, moi j'en avais envie, et je sentais que lui aussi le voulait. Mais il a fait exactement ce qu'il fallait, il m'a parlé de Farah, de ses notes, de ses bonnes matières, des moins bonnes et là, jamais tu ne devineras ce qu'il me dit...

— Non, quoi donc?

— Il me dit : "C'est donc en poésie que Farah a des lacunes, elle a du mal à retenir les textes qu'elle doit apprendre, il faudrait l'aider." Alors que, le matin même, il m'assurait qu'elle avait des difficultés en mathématiques et pas du tout en poésie!

« Je suis arrivée à contenir le sourire qui allait sortir de moi, un sourire éclatant parce que j'ai compris que ce n'était qu'un prétexte, cette histoire de difficultés, qu'en fait Farah travaillait très bien et qu'il voulait juste me voir. J'étais heureuse, mais heureuse à un point ! Je n'ai pas les mots pour exprimer cela mais, dans mon cœur, j'avais l'âge de ma fille. J'ai fait comme si de rien n'était, j'ai écouté ses conseils pour aider Farah à apprendre. Il m'a posé encore quelques questions sur mes autres enfants. Cela a duré, quoi, une quinzaine de minutes, mais ce furent sûrement les quinze plus belles minutes de ma vie. Puis à contre-cœur, en tout cas c'est ce que j'ai ressenti, il a mis fin à notre entretien. Nous nous sommes levés, salués, j'ai appelé Farah qui jouait non loin et nous sommes parties toutes les deux. J'aurais pu, comme elle, sautiller tout le long du chemin du retour, tant j'avais le cœur léger. La préparation du dîner, même le repas m'ont semblé des moments magiques. Rien ne m'ennuyait, rien ne me contrariait, rien ne me paraissait ingrat. Je n'avais qu'une hâte, me coucher pour que demain arrive vite, demain où je reverrais cet homme, où je sentirais la chaleur de son regard sur moi.

« Et le lendemain, et les jours suivants, nous avons... comment exprimer cela ?... approfondi ce trouble que manifestement nous éprouvions l'un et l'autre. Ce sentiment partagé. Oh, ce n'était rien : des regards, un salut un peu appuyé, puis des sourires. Quelques mots. Encore des sourires. Et l'attente, chaque jour, du lendemain, avec ses promesses, ses espoirs.

« Quelles semaines ce furent ! Deux fois, il m'a priée de lui accorder quelques instants après la classe, pour faire le point sur la scolarité de Farah. La seconde fois, au moment où j'allais me relever pour clore l'entretien, discrètement, de manière que Farah qui jouait plus loin dans la cour ne voie rien, il a avancé la main et effleuré mon bras. C'est comme une décharge électrique qui m'a traversé le corps. Incroyable. Moi qui n'avais jamais rien ressenti avec Jalal, si ce n'est de la douleur, j'étais bouleversée par un simple effleurement. Il l'a vu, a marqué un temps et m'a murmuré : "Appelez-moi Samal." Je n'ai pas hésité une seconde et lui ai répondu : "Oui, et vous, Fatimah." C'est ainsi que nous avons abordé la suite de notre histoire.

« La suite, ce sont trois mois de douceur. Nous ne pouvions pas nous rencontrer en dehors de l'école, mais la simple certitude de nous voir, même si ce n'étaient que quelques instants au milieu de toutes les mamans, matin et soir, suffisait à notre bonheur. Nous nous regardions, et tout était dit. Parfois nous échangions quelques mots. Quand personne ne pouvait nous entendre, à plusieurs reprises, nous nous sommes tutoyés. Nous échangions aussi des gestes tendres. Au début, des effleurements, puis nous nous sommes enhardis, ce furent des caresses. Que de promesses dans ces instants !

« Je ne me posais même pas de questions, je ne me disais plus : "Mais où cela va-t-il nous mener ? Qu'espérer de cette histoire ?" Non, je vivais chaque jour pleinement, portée par cet amour. J'ai traversé ces semaines sans m'en rendre compte, tournée vers cet homme et nos instants partagés. Cela aurait pu durer ainsi, ou évoluer vers quelque chose de plus poussé, je ne sais pas, je ne le saurai jamais. Je laissais faire la vie, confiante. J'aimais tellement le bonheur que je vivais, j'aurais tant voulu que la vie me donne encore. Mais malheureusement le drame était proche.

— Que s'est-il passé? demande Malika, qui sent son amie se raidir. Qui s'est mêlé de votre histoire? Qui a compris? Ton mari?

— Oh, mon mari, non. Jalal, tu sais, ne me regardait pas vraiment. Il ne m'a en fait jamais regardée, avec attention en tout cas. Donc il n'a pas vu que j'avais changé. Mais sa sœur, si. L'aînée, Hanar. Elle ne m'a jamais aimée, mais là, je crois qu'elle est devenue carrément jalouse. Même si je faisais attention, à la maison, à ne pas sourire sans cesse, parfois ça m'échappait. En cuisant le riz, en suspendant le linge, tout à coup je me mettais à chanter. Ça a intrigué Hanar, qui s'en est ouverte à son mari, Dilo.

— Mais comment sais-tu cela? Tu le penses ou tu en es sûre?

— Non, j'en suis sûre. En fait, j'ai surpris une conversation, un jour où je suis revenue juste après avoir accompagné Farah. Normalement je devais passer l'après-midi au lavoir, j'avais tout le linge de la famille, mais j'avais oublié le savon, aussi je suis revenue. J'ai juste entrouvert la porte; j'allais entrer quand j'ai entendu leurs voix : Hanar parlait de moi, ça m'a arrêtée. Je n'ai pas fait de bruit, pas bougé d'un pouce et j'ai attendu. Dans les quelques phrases qu'elle a prononcées, je suis arrivée à capter ceci : "Non mais tu te rends compte, quelle attitude scandaleuse, quelle honte! Si Jalal le savait! J'avais raison de ne pas l'aimer. Quelle traînée! Mon pauvre frère!" J'ai immédiatement compris. Quelqu'un, une maman sûrement, nous avait vus, Samal et moi, échanger un geste. Bien sûr, ce n'était pas grand-chose, mais nous nous regardions toujours avec tant d'émotion que nous nous trahissions. Et cette maman malveillante avait dû tout rapporter à ma belle-sœur.

«Ces bribes de phrases m'ont anéantie. Elles sonnaient la fin de quelque chose de beau, de propre, qui m'avait tant apporté. Je n'avais aucune illusion, c'était fini, je ne pouvais plus prendre de risque. C'était impossible, pour lui, pour moi, pour Farah, pour Jalal aussi.

— Mais Fatimah, tu n'avais rien fait de mal! Il ne s'était rien passé dont tu devais avoir honte!

— Si, Malika. Dans mon esprit, dans mon cœur, dans mes rêves, j'avais bel et bien trompé mon mari. Même si dans les faits il ne s'était rien passé, ou si peu, l'intention était là. Et l'envie aussi. Je n'ai pas honte de le dire, j'avais envie que cet homme me prenne dans ses bras, m'embrasse, me révèle que ce que je n'aimais pas faire avec mon mari pouvait être fort et bon. Je te choque?»

Malika met un moment à répondre. Elle réfléchit, hésite et dit:

«Non, tu ne me choques pas. Je t'envie, en réalité, d'avoir eu ces mois de bonheur. Tu sais, je ne t'en ai jamais parlé, mais même si j'ai un mari gentil, je ne l'aime pas. En fait, il était marié à ma sœur, mais elle est morte en mettant sa fille au monde. Il ne pouvait rester seul avec ce bébé, alors on m'a dit que je devais l'épouser. C'est ce que j'ai fait. Je me suis mariée, j'avais quinze ans. J'ai élevé sa fille, puis nous avons eu trois petits garçons. J'en pleure un. Tellement que j'ai oublié qu'avant cet horrible accident, je rêvais d'autre chose. Mais plus rien n'est important maintenant. Sauf nous deux, ça c'est réel. Fatimah, crois-moi, je vais t'aider. Si je te raconte ça, c'est pour que tu saches que je te comprends, et que je ne te juge pas. Mais que s'est-il passé ensuite ?

— Oh, c'est terrible, terrible, gémit Fatimah, qui revit la scène qu'elle s'apprête à raconter. Tout est arrivé le lendemain. Tout. Tout s'est terminé ce soir-là, et en même temps c'est là que toute l'horreur a commencé.

« Après avoir entendu ma belle-sœur et mon beau-frère parler de moi en ces termes, j'ai tremblé toute la journée. J'avais peur qu'ils le racontent à Jalal. Je savais que tout était fini, j'étais triste et en même temps j'avais une peur panique que l'on me chasse de la maison. À l'idée de perdre mes enfants, je ne parvenais plus à respirer. Il fallait que je prévienne Samal, que je lui explique qu'il fallait que j'arrête de penser à lui, que j'arrête... de l'aimer. Car c'est de cela qu'il s'agissait, Malika, je l'aimais. Il avait fallu que j'entende cette conversation pour que la réalité me saute aux yeux, pour que je m'avoue que cette inclination que j'avais pour cet homme, ce n'était pas seulement de l'envie d'autre chose, mais bel et bien de l'amour. J'ai à la fois découvert cela et décidé d'y mettre fin. Pour mes enfants, qui sont bien plus importants que mon bonheur personnel. J'ai longuement réfléchi, et j'ai su ce qu'il fallait faire. Il faudrait faire attention, mais j'avais la solution. Après avoir lavé le linge en le tordant et le maltraitant comme si c'était ma belle-sœur que je tenais entre mes mains, je suis rentrée à la maison. Je tremblais à l'idée de voir Hanar ou Dilo, mais il n'y avait personne. Il était l'heure d'aller chercher Farah. J'ai pris un de ses livres de classe et j'y ai glissé un petit mot sur lequel j'avais écrit : "Il faut absolument que je te voie. Demain vers 9 heures ?

Dans la classe?" Le lendemain, il n'y avait pas école, donc je pourrais lui parler. C'était osé de ma part, mais je n'avais pas le choix. Je suis arrivée à l'école toute tremblante un peu avant 17 heures. Quand la porte s'est ouverte, j'ai essayé de faire bonne figure pour Farah, mais je crois que je n'y suis pas complètement arrivée, car Samal m'a regardée d'un air appuyé. J'ai laissé passer les élèves puis je me suis approchée de lui et je lui ai tendu le livre en lui disant : "Voilà, c'est ce livre dont vous aviez besoin." J'ai dit cela très fermement pour qu'il comprenne qu'il fallait le prendre. Il paraissait intrigué mais il m'a pris le livre des mains et m'a remerciée. Farah était heureusement partie discuter avec une de ses amies, elle n'avait rien entendu. Je suis rentrée avec elle, toujours la peur au ventre. Mais Hanar et Dilo ont fait ce soir-là comme si de rien n'était.

« En fait, maintenant que j'y repense, non. Dilo me regardait bizarrement, avec quelque chose dans les yeux que je ne comprenais pas. Mais j'étais tellement tendue, tellement anxieuse au sujet du rendez-vous du lendemain que je n'ai pas fait attention. J'aurais dû. Mais ce sont des choses que l'on ne sait qu'après coup. Toujours.

« À la fin du dîner, j'ai dit : "Demain je sortirai tôt, je dois voir une maman qui a un souci avec sa fille. Elle a besoin de me parler." Avant que qui que ce soit ne réagisse, Farah a dit : "Mais c'est qui ? Une amie à moi ? Qu'est-ce qu'elle a ?" Je n'avais évidemment pas pensé à la nullité de mon mensonge et j'ai répondu un peu brutalement à Farah : "Ne sois pas curieuse, cela ne te regarde pas." Ma petite fille, si douce, si aimante, m'a regardée avec tristesse. Jamais je ne la grondais, jamais je ne lui parlais ainsi. Je m'en suis voulu mais j'étais trop obsédée par ce rendez-vous, je me suis dit que je me rattraperais plus tard. Et à part Farah personne n'a réagi, ou plutôt je n'ai rien vu, devrais-je dire. Tu imagines bien que je n'ai pas dormi de la nuit. J'étais accablée, anxieuse, perdue.

« Quand le jour s'est levé, j'étais épuisée. Il m'a fallu de l'énergie pour me préparer, faire le repas des enfants. Farah me regardait encore avec reproche. Je me suis promis de lui faire des câlins dès que je serais rentrée. Je suis sortie à 8 h 30. L'air était déjà chaud, il allait faire lourd. J'ai tenté de ne pas me faire remarquer en traversant le village. Arrivée à la hauteur de l'école, j'ai jeté des regards de tous côtés, je n'ai vu personne et j'ai traversé la cour déserte. La salle de classe était allumée. Il était là, il m'attendait. Le cœur battant, j'ai frappé. La porte s'est immédiatement ouverte, comme si Samal était juste derrière, à me guetter. Je suis entrée, il fixait sur moi un regard interrogateur. Nous nous sommes regardés, c'est lui qui a parlé en premier.

« "Qu'y a-t-il, Fatimah ? Que signifie ce message ? J'y ai pensé toute la nuit, je ne comprends pas. Tu es malade ?

« – Non, Samal, non, c'est bien pire.

« – Mais quoi ? Tu me fais peur", me dit-il en me prenant la main. Et ce geste était si bon que je ne suis pas parvenue à garder mon calme. Je me suis effondrée en pleurs et lui ai expliqué que ma belle-sœur avait compris qu'il se passait quelque chose, qu'elle allait en parler à mon mari et que je serais chassée.

« "Mais elle a compris quoi exactement, Fatimah ? Dis-moi."

126

« J'ai hésité un instant, un tout petit instant : "Elle a compris que j'aimais quelqu'un d'autre que son frère.

« – Redis-moi ce que tu viens de dire ! a-t-il supplié alors, le visage transformé, rayonnant.

« – Oui, je t'aime, je peux te le dire aujourd'hui, alors que nous n'avons plus le droit de nous aimer.

« – Mais moi aussi je t'aime, Fatimah. Cela fait tant de temps que je m'empêche de te le dire, pour ne pas te faire fuir !

« – Cela ne sert à rien, c'est fini", dis-je dans un flot de larmes.

« Et là, il m'a prise dans ses bras, m'a serrée contre lui. Oh, Malika, si tu savais comme c'est bon d'être serrée par un homme comme cela. Je ne bougeais pas, je me suis blottie contre lui et j'ai laissé mon chagrin s'écouler. Nous ne faisions qu'un, vraiment. Je crois qu'à ce moment-là, alors qu'il fallait que je m'en aille, que je me détache de lui, je n'avais qu'une envie, qu'une idée en tête : qu'il m'embrasse. Que je connaisse au moins cela avec un homme que j'aime. Il a bougé la tête, j'ai cru que c'était cela, j'allais le laisser faire mais rien n'est venu. J'avais les yeux fermés mais j'ai senti qu'il dénouait notre étreinte et qu'il s'éloignait de moi. J'ai rouvert les yeux : Samal avait le regard fixé sur la porte ; elle s'était ouverte sans que l'on entende quoi que ce soit. Dans l'embrasure se tenait Dilo, mon beau-frère. Son regard m'a terrifiée. Sans dire un mot, il s'est retourné et s'est éloigné. J'étais figée, accablée par ce mauvais tour du destin. Samal m'a dit : "Fatimah, tout est ma faute, je n'aurais pas dû, mais j'avais tellement envie, tellement besoin de te sentir contre moi. Pardon."

« J'étais comme paralysée, mais je savais qu'il fallait que je rentre, et vite. Je lui ai expliqué que je devais aller retrouver mes enfants. Peut-être que Dilo n'allait rien dire, s'il me voyait revenir tout de suite ? J'avais peur, mais c'était la seule solution. Samal l'a compris. Il avait peur pour moi, lui aussi, mais que pouvait-il faire ? C'était à moi d'affronter ma famille. Nous nous sommes regardés, de nouveau, sans oser nous approcher l'un de l'autre. Nous savions que c'était fini, que c'était la dernière fois que nous nous côtoyions de si près. J'ai avancé la main, ai caressé sa joue et lui ai dit : "Au revoir, Samal." Je n'ai pas attendu sa réponse, j'ai fui son regard, sa détresse et j'ai quitté la classe pour rentrer dans cette maison qui, je l'espérais, s'ouvrirait encore devant moi.

— Fatimah, c'est si triste, ce que tu me racontes. Mais que s'est-il passé quand tu es rentrée ? Ton beau-frère était là ? Il avait parlé ?

— Eh bien, c'est incroyable, mais il ne s'est rien passé. Mon beau-frère était là, avec Jalal et mon beau-père. Et ils n'ont rien dit. Jalal et son père ne m'ont même pas regardée. Seul Dilo a posé son regard sur moi, un regard qui m'a fait peur sans que je sache l'analyser. Mais il s'est tu et ils ont repris leur discussion. Si j'avais pu prévoir la suite...

— Quelle suite ? Que s'est-il passé après ? »

Un sanglot monte de la gorge de Fatimah. Juste un sanglot. Son regard a quitté celui de Malika, il est plongé à l'intérieur d'elle-même, dans son souvenir, ce souvenir qui lui fait si mal. Le silence s'installe, se prolonge.

Malika pose la main sur le bras de son amie et lui dit :

«Tu continueras quand tu pourras, quand tu voudras, Fatimah. Ne te fais pas de mal, laisse-toi du temps.»

C'est d'une voix totalement blanche que Fatimah parvient à lui répondre :

«Si, il le faut, il faut que cela sorte. Depuis tout ce temps, jamais je n'en ai parlé. Ce secret m'étouffe, il finira par me tuer.» Fatimah remonte alors son voile, pour cacher plus encore son visage. «Ne me regarde pas pendant que je te raconte ça, j'ai honte, tellement honte de ce qui est arrivé. Je suis sale, salie, pour toujours.»

Malika, avec effroi, commence à entrevoir le calvaire qu'a vécu Fatimah.

«Ça s'est passé une semaine plus tard. Une semaine infernale. Je ne cessais d'attendre, mais quoi, je ne savais pas. C'est ça le pire, attendre l'inconnu. J'avais peur qu'Hanar parle à Jalal, que Dilo me frappe, qu'un scandale éclate. J'avais peur à chaque minute de chaque journée, mais j'étais bien incapable d'imaginer ce qui allait m'arriver.

— Mais quoi, ma pauvre amie, qui t'a fait du mal ?

— Attends. Il y a eu d'abord sept jours horribles où je devais vivre avec la peur et ce renoncement dans mon cœur alors que matin et soir je voyais Samal. Parce que la vie continuait : il fallait que je m'occupe des enfants, que je les emmène et que j'aille les chercher à l'école. Et Samal avait l'air si triste ! Son regard me cherchait, je le sentais, mais je faisais tout pour l'éviter tant j'avais peur de fondre en larmes et de me trahir. Tout ça se passait devant ma Farah, qui m'a dit un soir : "Je ne sais pas ce qu'a le maître en ce moment, mais il a l'air malheureux. Il a dû perdre quelqu'un qu'il aimait. Peut-être sa mère... Tu sais quelque chose, toi, Maman ?" Tu n'imagines pas l'énergie qu'il m'a fallu pour répondre calmement à ma fille, sans que ma voix tremble. Je lui ai dit que je ne savais pas, mais qu'il fallait qu'elle soit encore meilleure que d'habitude à l'école pour ne pas le contrarier. Heureusement, personne n'écoutait quand elle m'a parlé de cela.

« Dilo était étrange, tous ces jours-là. Pas en colère, non, mais étrange. J'avais l'impression que quelque chose de gluant me suivait du regard. J'avais peur de lui et je gardais mes distances, mais ça n'a pas suffi. C'est le septième jour que c'est arrivé. Le jour du linge, celui où je passe l'après-midi au lavoir. Pour rentrer, je dois contourner le village, passer sur un chemin qui est loin de tout. Il n'y a pas une maison, c'est toujours désert. Habituellement, j'essaie de rentrer avec d'autres femmes pour ne pas être seule. Mais ce jour-là, j'ai fini après les autres : j'avais le cœur tellement lourd que je n'arrivais pas à me concentrer, alors j'ai tardé, et quand j'ai levé la tête, la dernière tunique bien battue, j'ai constaté que j'étais la dernière. Je me suis relevée, j'ai tout bien rangé et pris le chemin du retour. Arrivée à mi-chemin, j'ai eu l'impression bizarre de ne pas être seule. Je n'avais rien entendu, c'était une sensation ; je me suis arrêtée, retournée, mais n'ai vu personne. J'ai repris ma marche, l'impression est revenue. Alors j'ai accéléré, le cœur battant, et là, j'ai vu une ombre grandir à ma droite. J'ai crié. C'était Dilo. Il souriait, enfin, si on peut appeler cela un sourire. Quand j'y repense, j'en ai des frissons. Il me regardait avec méchanceté et envie. Avec perversion, c'est ça, perversion. »

Fatimah accélère son débit, comme pour en finir. En même temps, sa voix s'affaiblit pour dire... l'indicible.

« Ce qui devait arriver est arrivé. Il m'a entraînée derrière un arbre, a relevé ma tunique, déchiré mon pantalon, s'est allongé sur moi et m'a forcée, avec une violence, une brutalité inouïes. Pour me punir, me faire payer. Jamais de ma vie je n'ai eu aussi mal, aussi peur et aussi honte. Quand il a eu fini, il s'est relevé et m'a simplement dit : "Tu réfléchiras, la prochaine fois, avant de tromper ton mari. Et si tu parles à qui que ce soit de ce qui vient de se passer, tu ne verras plus tes enfants, jamais." Il m'a dit cela comme s'il me crachait dessus. Je ne pleurais même pas, j'étais complètement sidérée. Au bout d'un long moment, j'ai remis de l'ordre comme je le pouvais dans mes vêtements et suis rentrée à la maison. L'idée de devoir affronter à nouveau ce monstre me glaçait, mais que pouvais-je faire ? J'étais sûre qu'il mettrait sa menace à exécution. Et puis c'était ma faute, tout ça, j'avais commis un péché : cet homme que j'avais aimé, jamais je n'aurais dû y penser. »

Malika tressaille à ces mots mais, depuis le début du récit de l'agression, elle se garde d'intervenir. Il faut que Fatimah aille au bout de sa confession pour se libérer de ce poids et pouvoir avancer. Même si ce qu'elle a entendu lui fait horreur et la révolte, Malika se tait et écoute...

« Et le pire, tu le connais maintenant, le pire, c'est qu'un enfant a été conçu ce jour-là, de cet homme-là, de cet acte-là. Je le sais, je le sens, l'enfant que je porte est de lui. C'est pour cela que quand j'ai découvert que j'étais enceinte, j'ai refusé cet enfant. J'ai essayé de le tuer mais il a résisté, il s'est accroché. Alors j'ai nié son existence. Et j'ai tellement voulu oublier que j'avais un enfant dans le ventre que cela ne s'est pas vu. Personne n'a rien remarqué. Je vivais un enfer, évitant de regarder quand il était à la maison cet homme que je haïssais tellement. Mais lui ne me regardait même plus. Il était passé à autre chose : il m'avait punie. Pour lui, c'était terminé. Mais pour moi rien n'était terminé : un enfant grandissait dans mon ventre, et mon amour m'était interdit. Que me restait-il ? Mes enfants ? À l'époque, je te jure, ils ne me retenaient même pas à la vie. Je n'en pouvais plus. »

Malika ne peut s'empêcher d'intervenir : les mots jaillissent de sa bouche sans qu'elle songe à les retenir.

« Mais alors, tes brûlures, ce n'était pas un accident ? »

Fatimah se retourne brutalement vers son amie.

« Je ne peux pas te le dire. Je ne pourrai jamais. Mais ce n'est pas moi. Ça, je te le promets. Ne me demande pas, s'il te plaît, si tu as de l'affection pour moi, ne me demande pas ça. »

Malika ne comprend pas. Quelque chose dans ce récit ne colle pas. Ce qui lui apparaît clairement, c'est que ce n'était pas un accident. Mais ce n'est pas non plus Fatimah qui a tenté de mettre fin à ses jours et à ceux de son bébé. Elle la croit. Après tant de sincérité, pourquoi mentir ? Mais alors qui ? Que s'est-il passé ? Elle est décidée à le découvrir. Mais pas aujourd'hui. Il faut laisser du temps à Fatimah.

« Je ne te demande rien, Fatimah. Je suis ton amie, je suis là pour t'aider, c'est tout.

— Merci. Si tu savais comme t'avoir parlé m'a soulagée ! Même si c'est douloureux. Partager avec toi ce secret m'a ôté un peu de son énorme poids. »

Elle tourne la tête, derrière les fenêtres la nuit est tombée.

Les minutes passent. Sans mots. Des minutes qui semblent apporter un peu de paix à Fatimah, que son récit a épuisée. Malika n'ose interrompre le silence.

Tout à coup, son amie semble sortir d'un songe :

« Je t'ai mise en retard, Malika, la nuit est là, il faut que tu rentres. Pardonne-moi, je ne pense qu'à moi. »

Le visage de Malika s'éclaire d'un sourire attendri. Elle aime si fort cette femme courageuse et digne.

Elle se lève et pose avec douceur la main sur l'épaule de Fatimah, dont elle effleure délicatement la peau afin qu'un peu de sa chaleur passe.

« À demain, mon amie, essaie de dormir.

— Je crois, Malika, que ce soir je vais me reposer, vraiment. À demain. »

Malika quitte la chambre, révoltée par ce qu'elle vient d'entendre et surtout bien décidée à comprendre ce qui a conduit Fatimah dans cet hôpital. Elle s'en fait la promesse, elle aidera son amie jusqu'au bout.

15

La même nuit, au village

Il est 2 heures du matin. Jalal a les yeux grands ouverts. Impossible de dormir. Cela fait des nuits qu'il réfléchit, qu'il retourne les événements dans sa tête. Il s'est passé tant de choses ces derniers temps...

Trois mois bientôt... Trois mois que la vie de sa femme et la sienne ont basculé. Trois mois durant lesquels il est passé par tous les sentiments, de l'amour à la haine, de l'incompréhension à la peur.

Aujourd'hui, c'est la colère qui domine. Il a l'impression de n'être qu'un jouet, d'être manipulé, voire d'être pris pour le dernier des imbéciles. Il est convaincu à présent que sa mère, ses sœurs savaient que Fatimah était enceinte quand l'accident a eu lieu, même si elles s'en défendent. Il pense aussi qu'elles en savent plus qu'elles ne le disent sur ce qui s'est passé pour que Fatimah se retrouve à l'hôpital, grièvement brûlée. Tout s'est accéléré depuis qu'il a appris par Kamal, le kinésithérapeute de sa femme, que celle-ci se battait, aussi, pour l'enfant qu'elle portait. Depuis, il ne cesse de réfléchir. De quand date cette grossesse ? Pourquoi ne lui a-t-elle rien dit ? Comment a-t-il pu ne pas s'en rendre compte ? Se cachait-elle, les derniers jours ? Il a du mal à répondre à toutes ces questions. Et doit honnêtement reconnaître que cela fait bien longtemps qu'il ne faisait plus attention à sa femme. Ce n'est pas qu'il ne l'aime pas : il a de l'affection pour elle, il la trouve belle... Enfin, il la trouvait belle.

Il essaie d'imaginer son visage dépourvu des pansements qui le recouvraient la dernière fois qu'il l'a vue. Et il s'en veut de ne plus l'aimer comme au début, d'avoir laissé le temps faire son œuvre, d'avoir été si indifférent à son endroit. Et même, au début, que lui a-t-il vraiment montré ? Pour lui, le fait de l'avoir épousée et de lui avoir fait des enfants est un signe d'amour. Il ne sait pas dire les sentiments, les émotions.

Quand leur fils chéri est mort, il lui en a voulu, mais ils n'en ont jamais parlé. Il s'est montré brutal avec elle, il le sait. Pour la punir. Enfin, c'est ce qu'il pensait. En réalité, il souffrait trop et ne savait comment vivre avec ce chagrin en lui. Faire du mal à sa femme lui permettait de respirer, de lever un temps ce trop-plein de douleur qui l'étouffait. Son fils, son unique fils, son héritier, disparu brutalement. Bien sûr, il aime ses filles, mais Firouz, c'était *son* fils. Il s'imaginait déjà le former à son métier, travailler avec lui comme il le fait avec son propre père. Mais non, jamais ce ne sera possible. Il refoule un sanglot qui naît dans sa gorge comme chaque fois qu'il évoque le souvenir de son fils. Il faut qu'il reste concentré, qu'il pense à sa femme, qu'il comprenne ce qui s'est passé, ces derniers mois.

Il a été horrifié quand il a appris l'accident, en rentrant du travail ; personne n'était allé le chercher pour lui annoncer l'affreuse nouvelle, afin de ne pas l'alarmer trop tôt. Il fallait, lui a dit sa mère, attendre le retour du cousin pour en savoir plus. Elle lui a expliqué l'accident, le réchaud pour le repas des petites, l'allumette, l'explosion, le voile qui s'enflamme, les cris. Elle lui a raconté que vite elle l'avait enroulée dans une couverture pour éteindre le feu et que le cousin était parti tout de suite pour Souleymanieh, à l'hôpital des brûlés. Ils avaient tout fait au mieux, pour Fatimah.

Le cousin n'était pas encore rentré mais Jalal avait emprunté une voiture pour aller immédiatement à l'hôpital. Son père avait tenu à l'accompagner, ce qui l'avait touché. Le trajet s'était fait dans un silence total. Jalal était perdu dans ses réflexions. Curieusement, il ne pensait pas au fait que sa femme souffrait à coup sûr atrocement. C'est la perspective de sa mort qui occupait son esprit, sa mort et ses conséquences. Qu'allait-il devenir, lui, avec ses enfants ? Cette pensée l'obsédait tellement que c'est la seule question qu'il est arrivé à poser au médecin qui s'occupait ce soir-là de sa femme. Il n'a rien demandé d'autre, ni si elle avait mal, ni si elle était consciente, ni si elle risquait d'avoir des séquelles.

Son père, lui, était resté mutique. Maintenant qu'il revoit la scène, le visage qu'avait son père lui apparaît. Un visage sans expression. Aucune inquiétude ne le marquait. Autre chose... peut-être, mais quoi ? Comment interpréter son silence ?

Les jours suivants avaient été très éprouvants. Il régnait une grande tension à la maison. Son père mais aussi sa mère, ses sœurs, son beau-frère, tous étaient fermés. Pas sur leur chagrin, non : ce sentiment-là était inexistant, il s'en rend compte à présent. Ils étaient fermés sur un secret. Comme si la maison avait échappé à un désastre. Alors, il avait fait comme eux. Sans savoir pourquoi, sans comprendre. Un silence s'est installé autour de Fatimah, silence qu'il n'a pas voulu rompre, même face aux questions de sa fille. Aujourd'hui il s'en veut de cela aussi. Depuis l'accident, il n'a pas osé évoquer sa femme, prononcer son nom, Fatimah, comme si quelque chose de terrible allait se passer s'il s'autorisait cela.

Dès qu'il le pouvait – dès que la voiture était disponible aussi –, il se rendait à l'hôpital pour demander de ses nouvelles. Deux fois il avait pu la voir, mais elle était endormie. Les médicaments, lui avait-on dit, pour qu'elle ne souffre pas. Et il n'avait rien vu d'elle, toute recouverte de bandages qu'elle était, on aurait dit une momie. Qu'allaient-ils tous devenir ?

Et puis le temps avait passé et un jour, alors qu'il discutait avec le médecin, une phrase l'avait fait bondir. Omar lui avait dit : « Votre femme a beaucoup de courage, beaucoup de volonté. Elle progresse énormément. C'est grâce à son kinésithérapeute, en qui elle a toute confiance. Avec lui, elle recommence à sourire. »

Une certaine inflexion dans la voix d'Omar l'avait fait réagir violemment, comme un homme trompé, comme un stupide mari jaloux. Il avait clos le rendez-vous et s'était mis à la recherche de ce kiné. Il voulait le voir. Voir à quoi ressemblait cet homme qui faisait sourire sa femme, sa femme qui ne lui avait pas souri à lui, son mari, depuis des années. C'est ça, en fait, qui l'avait rendu fou.

Quand lui avait-elle vraiment souri? Au début de leur mariage? Oui, quelques mois – guère plus. Ensuite, le sourire s'était effacé, le quotidien l'avait emporté. Le quotidien et son attitude à lui, il le sait aujourd'hui. Et puis il y avait le comportement des siens. Elle ne s'entendait pas vraiment avec sa famille, il le voyait bien.

Sa mère, ses sœurs avaient d'emblée mis de côté cette jeune femme si jolie et si fière. Elles lui avaient expliqué que désormais, sa famille, c'était celle de son mari et qu'il fallait qu'elle «baisse son regard», comme il les avait entendues le lui dire aux premiers mois de leur mariage. Mais depuis lors, comment étaient les relations entre Fatimah et sa famille? En fait, il ne le sait pas vraiment. Il ne faisait plus attention. Que sa femme ait été enfin acceptée ou pas, qu'elle soit heureuse ou pas n'était pas son problème. La vie passait. Et il était indifférent.

C'est l'évocation de cet homme qui fait sourire sa femme qui lui a été insupportable. Cela a réveillé quelque chose en lui, un sentiment en sommeil. Il fallait qu'il le rencontre.

Il l'avait trouvé dans la salle de rééducation et là, avait appris l'incroyable nouvelle : sa femme était enceinte au moment de l'accident. Il avait quitté l'hôpital comme un fou. À la recherche de la seule personne qui pouvait répondre à ses questions : sa mère. Entre femmes, ce genre de secret ne pouvait être gardé, elle avait bien dû voir quelque chose. Pourquoi ne lui avait-elle rien dit?

C'est en rentrant chez lui, le long de la route qui le ramenait au village, qu'un affreux doute s'était insinué. Si sa femme ne lui avait rien dit, c'est peut-être qu'elle avait quelque chose à cacher. Et que cacher, si ce n'est le pire? Le bébé était d'un autre, elle l'avait trompé. Et bien sûr, sa mère et ses sœurs le savaient. Cette abomination. Et la grossesse.

Tout lui était revenu alors : des bribes de phrases entendues et oubliées qui reprenaient leur place. Une fois, c'est sa mère qui avait dit : «Le pauvre, le jour où il saura...», et une autre fois Hanar : «Elle ne pourra rester.» Sur le coup, il n'avait guère fait attention, il avait pensé à des racontars concernant une femme du village. Il est vrai qu'elles s'étaient tues à son approche, mais c'est ça les femmes, ça cancane, quel intérêt? Pourtant, au volant de la voiture, il avait soudain interprété ces paroles autrement. Elles concernaient sa femme à lui! Le «pauvre», c'était lui! Le mari bafoué, c'était lui! Plus il y repensait, plus il était sûr de tenir là l'explication du silence de sa femme.

Et puis lui était aussi revenu en mémoire un autre moment. C'était un après-midi où il était à la maison entre deux chantiers. Sa femme était rentrée du lavoir essoufflée, la tunique froissée, le pantalon souillé de terre, le voile de travers. Elle avait évité son regard. Il s'était demandé ce qui s'était passé pour qu'elle se salisse ainsi, et puis il avait oublié de lui poser la question. Le soir, au dîner, elle était comme d'habitude. Et le lendemain, il n'y avait plus pensé du tout. Mais, à l'évidence, elle avait passé l'après-midi avec un autre homme. Quel imbécile il avait été!

Jalal se souvient encore de la lenteur du dîner, le jour où il avait appris que Fatimah était enceinte. Il avait dû attendre que les enfants soient couchés, endormis, pour pouvoir parler avec sa mère. Mais elle avait affirmé ne pas être au courant de la grossesse. Elle lui avait dit de se calmer. Et puis, au moment où ils allaient rentrer tous les deux dans la maison, elle avait baissé la voix et lui avait dit : « Si tu veux en savoir plus sur ta femme, tu n'as qu'à aller parler avec le maître de Farah. Apparemment, ils s'entendent plutôt bien, tous les deux. » Le coup de poignard. Comme ça, sans autre explication.

Pour Jalal, cela signifiait soit que cet homme était à l'origine de la trahison, soit qu'il savait qui était celui qui avait poussé sa femme à l'infidélité. Il fallait qu'il en ait le cœur net, et pour cela il devait le rencontrer, lui parler. Il savait où il habitait parce que, avant l'arrivée du maître au village, il avait fallu lui trouver un logement. On lui avait attribué une maison à l'abandon, quelques travaux avaient été nécessaires pour qu'elle soit habitable, et c'était Jalal et Dilo qui s'en étaient chargés.

Il n'avait pu attendre le lendemain. L'explication, il devait l'avoir immédiatement. Alors il avait traversé le village sans penser une seconde que cet homme pouvait dormir ou être absent. Et plus il avançait, plus il sentait la haine l'envahir. Il perdait la maîtrise de lui-même ; il aurait dû rentrer chez lui, dormir, revenir le lendemain, mais c'était impossible.

Arrivé chez le maître, il avait traversé le jardin en trois pas. Il allait frapper à la porte quand sa main s'était arrêtée. Enfin conscient de son état intérieur, il avait patienté quelques instants, pour se calmer.

Puis il avait frappé. Une fois, deux fois. Rien. Pas de bruit de pas. Pourtant, il avait vu de la lumière en arrivant, il en était sûr. Pas devant, non, mais sur le côté de la maison. Il avait alors reculé, fait le tour, observé par la fenêtre. Il avait vu une pièce vide dont la porte ouverte laissait passer de la lumière.

Le maître avait des chiens, s'était-il souvenu. Pourquoi ne se manifestaient-ils pas ? L'homme devait être sorti, avec ses chiens.

Jalal avait hésité quelques minutes, puis fini par repartir et par rentrer chez lui, où il s'était enfin écroulé sur son lit pour tenter de se reposer. Tout pouvait attendre le lendemain. Il retournerait voir le maître de Farah, et il saurait.

Mais le lendemain, il avait appris de la bouche même de sa fille la mort de Samal. Cette disparition brutale, qui manifestement affectait beaucoup Farah, l'avait plongé dans un profond désarroi. Il aurait dû en être soulagé : après tout, cet homme était peut-être la source de ses maux. Mais non, cette mort remettait tout en question. Et d'abord, quelle était la raison de sa mort ? Accident ? Suicide ? Jalal ne croyait à aucune de ces hypothèses.

Et si... si... Ses pensées avaient pris une tournure qui le terrifiait mais qui, si ce qu'il commençait à entrevoir se révélait juste, expliquerait beaucoup de choses. Mais sa vie en serait détruite, à jamais. Et ce n'était sûrement pas à sa mère qu'il pouvait demander des explications. Que faire ? À qui s'adresser ?

Dix jours qu'il retourne tout cela dans sa tête. Dix jours à se dire qu'il n'a rien vu, rien compris, à prendre conscience que depuis des mois, peut-être des années, des rancœurs qu'il n'a pas perçues s'accumulaient sous son toit. Dix jours à se demander si ce qui est arrivé à sa femme n'est pas en réalité couvert par un faisceau de mensonges, et ce qui s'est réellement passé le jour de l'accident. Dix jours, enfin, à penser à sa femme et à ce qu'elle vit depuis ce drame, ses souffrances physiques et morales, le combat qu'elle mène pour l'enfant qu'elle porte, un enfant qui peut devenir un jour le leur.

Dix jours et dix nuits à vivre avec ces nouvelles émotions, à laisser enfin les larmes couler. Il ne sait pas encore y mettre de l'ordre, il ignore de quoi l'avenir sera fait, mais quelque chose qui ressemble à de l'espoir affleure. Un amour reconstruit fait son chemin dans son cœur, avec une femme blessée, c'est vrai, mais la sienne. Une victime, qu'il n'a pas su protéger.

Mais comment savoir ce qui s'est passé? De qui est l'enfant? Pourquoi l'accident? Il n'en finit plus de chercher. Il est à bout de forces. Épuisé, il voudrait dormir, mais il doit à Fatimah de découvrir la vérité.

À force de fouiller dans sa mémoire, il sent quelque chose émerger. C'est flou, ça ne se laisse pas attraper, ce n'est qu'un début d'idée, un très vague souvenir. Une phrase prononcée. Mais par qui? Dans quelles circonstances? Quand?

Il ferme les yeux, tente de revoir la scène qu'il recherche. C'est le visage d'Omar qui apparaît. Ça y est, ça lui revient! C'était lors d'une visite à l'hôpital. Il avait voulu voir sa femme, mais elle était en soins. Il s'était rendu dans le bureau du médecin pour avoir des nouvelles. Omar s'était montré assez froid. Jalal avait alors dit, comme pour se justifier de ses trop rares visites :

« Ne croyez pas que je ne veuille pas voir ma femme, mais chaque fois que je suis venu, elle était endormie ou en soins, comme aujourd'hui. » Il avait ajouté : « Elle doit se sentir bien seule. »

Omar avait répondu, il s'en souvient très bien à présent :

« Heureusement, elle s'est rapprochée d'une femme. Elles s'aident mutuellement. »

Cette simple phrase qu'il n'avait pas relevée alors lui paraît aujourd'hui essentielle. C'est elle qu'il doit rencontrer. Pour lui poser les questions qu'il ne peut plus poser à sa mère, et pas encore à sa femme. Pour savoir.

16

Le lendemain

Il est 7 heures, la maison se réveille. Jalal entend ses sœurs mettre l'eau à chauffer pour le thé. Des bols que l'on entrechoque. La voix de Farah qui encourage sa petite sœur à se préparer. Celle de sa mère, plus basse qu'à son habitude, comme cassée, qui gronde, malgré tout.

Pas de voix masculines. Où est son beau-frère ? Son père ? Déjà au travail ?

Il s'en veut de ce réveil tardif. Mais il était si fatigué que quand, enfin, le sommeil l'a gagné, il s'est laissé aller. Il était tard, pas loin de 4 heures ; il a vraiment sombré. À présent il doit se lever, il a tant de choses à faire, mais il est comme cloué au lit par une force qui le domine. La tâche qui l'attend l'effraie : sa vie et celle de ses enfants, mais aussi celle de ses parents, de sa famille en dépendent. Tout cet équilibre peut se rompre. Si ce qu'il craint s'avère être la réalité, c'est ce qui va arriver, il le sait. L'anéantissement d'une famille. Pour trouver la force d'aller au bout de ce qu'il a commencé, il a besoin du soutien de sa femme. Son visage, sa douceur, sa fierté s'imposent à lui, et il se fait la promesse que si sa femme est une victime, il le saura et la vengera. Elle retrouvera la place qui doit être la sienne.

Dans la grande pièce, Farah l'attend. Sans un mot, elle lui tend un bol de thé et une galette, mais ses yeux sont plantés dans les siens, comme pour le soutenir. Sans chercher à en comprendre davantage, Jalal accepte ce qui ressemble à un pacte. Boit son thé. Mange sa galette. Durant ces quelques minutes, c'est lui qui regarde sa fille pour qu'elle entende dans son silence : «Je comprends ce que tu me demandes, et je vais le faire, crois-moi. Crois-moi.» La petite fille ne dit toujours rien, mais un sourire lui échappe, un sourire si tendre qu'il y puise de l'énergie et a du mal à s'en détacher.

Après une rapide toilette dans la cour, il s'habille avec ce qui lui tombe sous la main, dans un état presque second. Il se prépare. Il voudrait quitter la maison sans rien dire à personne, mais c'est impossible. Il est dépendant des siens, il en prend pleinement conscience.

Comment quitter le village sans voiture? Comment prendre la voiture familiale sans fournir d'explication? C'est comme ces boîtes gigognes qu'il avait quand il était petit, chacune en contenait une autre plus petite. Là, c'est la même chose : chaque question va en amener une autre. Sauf que ce n'est plus un jeu, en réalité, c'est sa vie tout entière qui se joue.

Le lourd pas de sa mère le tire de ses réflexions. Elle sort de la maison en compagnie de Dilo, avec lequel elle discute. Âprement, lui semble-t-il. Que fait Dilo ? Il ne l'a pas vu tout à l'heure, il le croyait déjà parti au travail. Il les rejoint.

« Dilo ?

— Oui, Jalal ?

— Quelqu'un a besoin de la voiture ce matin ? »

Son beau-frère marque un temps d'arrêt et échange un regard avec Saywan, comme pour lui demander conseil. Jalal perçoit une tension en eux. Pas entre eux : en eux.

« Tu peux la prendre, lui répond Dilo. Tu vas où ?

— Voir ma femme. »

C'est la première fois qu'il parle ainsi, au lieu de dire « Je vais à l'hôpital » ou « Je vais aux nouvelles ».

Sa réponse n'a pas plu, c'est une évidence. Ce n'est pas de l'énervement qu'elle a suscité chez son beau-frère, plutôt de la peur.

Dilo, qui s'est avancé de quelques pas, s'arrête. Il reste immobile, comme s'il ne savait quelle attitude adopter. Puis, brutalement, il lui tourne le dos et rentre dans la maison.

Baba, elle, n'a pas bougé. Son regard est allé, plusieurs fois, de son fils à son gendre. Quand Jalal s'avance vers elle, elle fait enfin un pas vers lui : « Ne sois pas trop dur avec elle. Elle ne se rendait pas compte du mal qu'elle faisait. » Ces mots désarçonnent Jalal, qui s'attendait à des paroles haineuses. Pas à cette semi-compréhension.

Et s'il se trompait ? Si Fatimah était vraiment coupable ? Une nouvelle fois, il ne sait plus quoi penser. Depuis quelques jours, ses sentiments passent sans arrêt d'un extrême à l'autre, de la colère à la tendresse, de la violence à l'apaisement. Où est la vérité ? Une fois de plus, il est perdu. Seul, face à ses responsabilités.

Il n'y a qu'un moyen de savoir la vérité. L'hôpital.

Jalal va chercher les clés de la voiture et rejoint le véhicule, qui est garé à la sortie du village. Il y a une heure de route, mais il est suffisamment tôt pour qu'il ait une chance de voir Omar avant que celui-ci ne commence ses visites.

Durant tout le trajet, il ressasse les mêmes mots, les mêmes phrases, à la recherche de la meilleure for-mulation : « Bonjour, docteur, je voudrais savoir... » « Bonjour, docteur, je voudrais que vous me disiez... » « Bonjour, docteur, il faut que vous m'aidiez... »

Il est arrivé sans même s'en rendre compte. Et sans savoir ce qu'il va dire. Le bureau des médecins est fermé. Il s'avance et frappe à la porte en songeant : *Si Omar est là, s'il ouvre, s'il est seul, alors je saurai tout...* Et la porte s'ouvre. Omar est là, apparemment il vient d'arriver : il n'a pas encore revêtu sa blouse, qu'il tient à la main. Il fronce les sourcils en décou-vrant Jalal :

« Oui ? Je peux vous aider ?

— Je suis désolé, docteur, je sais que ce n'est pas l'heure pour recevoir les familles, mais il faut que je vous parle. C'est vraiment urgent. Pour ma femme, c'est très important. S'il vous plaît. Non, en fait, c'est pour moi, pour mes filles », bredouille-t-il d'une voix qui se brise sur ces derniers mots, comme si l'émotion, toujours maîtrisée chez cet homme, aujourd'hui le submergeait.

C'est ce chagrin sous-jacent qui alerte Omar. Au lieu de lui répondre brutalement qu'effectivement ce n'est pas l'heure – ce qu'il comptait faire de prime abord –, il lui dit :

« Entrez. Je n'ai pas beaucoup de temps, mais on peut parler un peu. »

Les deux hommes s'assoient de part et d'autre de la table. Après un court silence, Jalal se lance :

« C'est difficile. Voilà, j'ai besoin de votre aide. J'ai appris depuis quelque temps des tas de choses que je ne savais pas. Qu'on m'avait cachées. Et je ne sais plus où j'en suis. »

Omar se détend. Il sent que cet homme, dont il apprécie peu la froideur depuis qu'il le connaît, est pris dans une grande tourmente. Que ses défenses s'abaissent. Qu'il va peut-être, enfin, s'intéresser à sa patiente.

« Que voulez-vous savoir exactement ? Chaque fois que nous nous sommes vus, je vous ai dit où en était votre femme. Je vous ai parlé des soins, des greffes que nous avions faites, de la rééducation qu'elle suivait.

— Oui, bien sûr. Mais c'est autre chose...

— Vous voulez savoir autre chose ?

— Oui. »

Le plus dur reste à dire. Comment parler de choses si intimes à un étranger ? Même si, depuis près de trois mois, ce médecin voit plus sa femme que lui...

« Vous savez, vous, sûrement, que ma femme... » Il n'y parvient pas.

Omar est touché par cet homme qui, sous ses yeux, acquiert de l'humanité.

« Votre femme attend un enfant, c'est de cela que vous vouliez me parler ?

— Oui, j'ai besoin d'en savoir plus. »

Omar hésite. Sa patiente a caché sa grossesse. À lui, son médecin, à son kinésithérapeute, et surtout à son mari. Il y a bien une raison à cela. C'est ce mari qui se trouve devant lui, qui pose des questions. Il a des droits, cet homme, surtout celui de savoir. Même si l'enfant n'est pas de lui, car c'est bien cela que pense Omar depuis qu'il a découvert que cette femme était enceinte et n'en parlait à personne.

« Elle est enceinte de quatre mois environ et, rassurez-vous, le bébé va bien. Il a survécu à l'accident et ne devrait pas en avoir de séquelles, ni des brûlures ni des soins qu'a subis votre femme depuis qu'elle est chez nous. » Il hésite, mais finit par se lancer. Pour sa patiente. « Il y a un problème avec cette grossesse ? Quelque chose que vous voulez me dire ?

— Écoutez, nous sommes entre hommes, je pense que je peux vous parler franchement. Je ne savais pas que ma femme attendait un enfant quand l'accident a eu lieu. Et je ne sais pas si elle me l'a caché. Et si oui, pourquoi. Et j'ai besoin de le savoir. De comprendre. Croyez bien que je ne suis pas fier de vous dire cela, mais il se passe tellement de choses... Je ne peux pas tout vous raconter, mais il faut que j'avance. Pour ma femme. Pour mes autres enfants. Vous comprenez ? »

Omar est ému par cette sincérité, même s'il sent que tout n'est pas dit. Il veut aider cet homme qui, devant lui, se confie et souffre.

« Je ne peux pas vous répondre. Seule votre femme peut le faire. C'est à elle qu'il faut poser ces questions... quand elle sera capable de les affronter. Elle est encore très fatiguée mais elle vous parlera, j'en suis sûr. »

En réalité, il n'en est pas tout à fait certain, mais il sent que cela peut apaiser cet homme. Il voit d'ailleurs l'effet qu'ont eu ses mots : Jalal s'est redressé, il a relevé la tête, qu'il tenait penchée.

Mais il n'a pas fini, Omar le sent. « Vous vouliez autre chose ? Il va falloir que je commence mes visites.

— Oui. Vous m'avez dit l'autre jour que ma femme avait une amie à l'hôpital. Une femme avec qui elle parlait. J'ai besoin de la rencontrer. Aidez-moi, s'il vous plaît. S'il vous plaît. »

Omar ne s'attendait pas à cela. Cette demande le laisse perplexe. Que répondre ? Il a compris, depuis qu'il a vu les deux femmes discuter tard le soir dans le jardin, que ces secrets que Fatimah cachait au fond d'elle, ces secrets si manifestement douloureux, elle les avait partagés avec son amie. Elles s'étaient encore rapprochées l'autre soir, il avait vu Malika sortir de la chambre de Fatimah à la nuit tombée. Et le lendemain, il avait senti sa patiente apaisée. Elle n'était plus dans le repli. Kamal aussi l'avait constaté, il lui en avait fait la réflexion après leur séance de kiné : « Dans quelque temps, elle va nous annoncer sa grossesse, je crois bien ! » Si, effectivement, cette femme connaissait tout de l'histoire de Fatimah, pouvait-il la livrer à Jalal ? Quelles étaient les intentions de cet homme ? Et quels étaient surtout ces secrets ? Concernaient-ils le père de l'enfant que Fatimah portait ? Ou les circonstances dans lesquelles elle avait été brûlée ?

Cela fait trop longtemps qu'Omar travaille dans cet hôpital pour ignorer que la plupart de ces prétendus accidents n'en sont pas, mais masquent en réalité des actes suicidaires ou criminels. Pour Fatimah il ne sait pas, mais depuis le début il doute de la version à laquelle s'est accrochée la famille. De toute façon, cela ne changeait rien aux soins qu'il devait lui prodiguer.

Il pense enfin à une solution qui protégera tout le monde :

« Ce n'est pas une patiente. Elle vient de l'extérieur, tous les jours, pour soutenir votre femme. Je vais voir ce que je peux faire. Revenez ce soir, j'en saurai plus. »

Jalal expire un peu de tout cet air bloqué dans sa cage thoracique. C'est une lueur d'espoir que lui apporte Omar. Il va patienter, toute la journée. Un de ses cousins habite à Souleymanieh, il va se rendre chez lui. Patienter.

17

Le même jour, 18 heures

Jalal est revenu à l'hôpital. La journée a été longue, mais heureusement son cousin ne travaillait pas aujourd'hui. Ils ont bu du thé, joué aux échecs et surtout beaucoup discuté – du présent, et un peu de l'avenir. Et même s'il n'aurait pas imaginé cela possible, Jalal est parvenu à penser à autre chose qu'à cette situation épouvantable dans laquelle il se débat aujourd'hui. Mais désormais, toute la tension est revenue.

Omar se tient devant la porte de l'hôpital, comme s'il l'attendait. Il vient vers lui, un sourire aux lèvres : «J'ai de bonnes nouvelles pour vous. L'amie de votre femme est ici. Elle veut bien vous voir quelques minutes. Vous la trouverez dans le jardin, vous savez où c'est?

— Oui, merci, merci», répond Jalal, qui ne s'attendait pas à la rencontrer aussi vite. Il ne comprend pas comment a fait le médecin mais il se sent déjà soulagé. Si elle veut bien lui parler, c'est que sa femme ne cache probablement rien de grave.

Il se dirige vers le jardin, gêné à l'idée de se retrouver en tête à tête avec une femme qu'il ne connaît pas,
même dans cet endroit ouvert à tous. Mais quand il y
pénètre, quelle n'est pas sa surprise de voir non pas
une, mais deux femmes qui semblent l'attendre !

L'une est assise. Son voile laisse son visage en partie découvert. Il ne la connaît pas. À son côté, debout...
sa femme. Malgré les pansements, les bandages, les
vêtements encore plus couvrants que d'habitude, il le
sait immédiatement. C'est *sa* femme, Fatimah, qu'il
n'a pas vue depuis tant de jours.

Tétanisé par cette vision, il a envie de se dérober,
par peur d'affronter, en même temps que la vérité qu'il
réclame, le nouveau visage de celle qui partage sa vie
depuis tant d'années. Elle garde la tête baissée tandis
qu'il commence à avancer. Comme dans un film au
ralenti, il voit la main de la femme assise s'avancer
vers l'avant-bras de Fatimah, entièrement recouvert
de bandes. Celle-ci redresse lentement la tête. Quand
elle sent qu'il est là, enfin arrivé, elle lève les yeux.
Elle tremble de tout son corps. Jalal le voit immédiatement, mais le regard qu'elle plante dans le sien ne cille
pas. Et Jalal lit dans ses yeux cette demande : « Si tu
m'acceptes, c'est comme cela que je suis devenue. »

Jalal ne bouge pas, son regard reste droit, malgré
l'envie qu'il a de vérifier si son ventre est arrondi. Il
fixe sa femme, son visage émergeant du voile qui dissimule sa bouche et son nez. Et ce qu'il voit lui donne
envie de pleurer. Ces paupières figées, cartonnées, ces
cicatrices qui zèbrent la peau et ce regard triste, si triste.

Il ne doit pas flancher. S'il peut aider sa femme,
c'est maintenant, il doit le lui prouver tout de suite.
Il ravale ses larmes, continue de l'observer et voit,

derrière la dévastation, sa force, sa bonté, sa droiture. Il y voit son épouse et la mère de ses enfants. Ce n'est pas le souvenir de cette femme, non, c'est bien elle, là, devant lui, il la retrouve malgré les affreuses brûlures.

Alors, du regard, il lui dit : «Je suis là, je t'accepte comme tu es», tout en tremblant de peur face à ce qu'il découvre et à ce qui l'attend.

Cet échange sans paroles dure un long moment. Tout s'est figé autour d'eux. L'amie est immobile et garde la main posée sur le bras de Fatimah, comme pour la soutenir, tant que les mots ne naissent pas. Jusqu'à ce que Jalal brise ce silence :

«Bonjour, Fatimah. Je suis là, pour toi. Pour nous.

— Bonjour, Jalal, merci d'être venu.» La voix est cassée, déformée par les muscles figés par les brûlures, mais c'est bien sa voix, celle qu'il n'a plus entendue depuis trop longtemps.

Sitôt ces deux phrases prononcées, tout semble s'animer à nouveau. La femme assise retire sa main, se déplace sur le banc. Des enfants, venus voir un parent blessé, s'agitent, font du bruit. On entend même des oiseaux chanter.

Fatimah, elle, expire longuement et s'assoit à côté de son amie.

Jalal tire une chaise et s'installe en face d'elles.

C'est Fatimah qui reprend la parole.

«Jalal, tu as voulu rencontrer Malika. Le médecin m'en a parlé ce matin. J'ai hésité à te voir, seule ou avec Malika. À ce que Malika te voie sans moi. Ou à te fuir, vraiment. Mais je ne veux pas être lâche. Tu as le droit de savoir. Malika est là parce que certains mots, je ne pourrai pas les dire. Ils sont trop douloureux. Mais elle le fera, pour moi. »

Jalal hésite, ne sait par où commencer. Comment demander devant une étrangère des choses si délicates ? Et en quels termes le faire ?

Sa femme ne lui laisse pas le choix, ce sont elles deux ou personne. Et même si c'est si difficile pour lui, ça l'est sûrement encore plus pour Fatimah. Il faut qu'il ose. C'est son unique chance, il le sent. Il est face à sa vie.

Un curieux dialogue à trois commence. Aux questions qu'il pose à sa femme, c'est le plus souvent Malika qui répond. Fatimah, elle, écoute. Parfois elle ajoute un mot, précise un sentiment. Et reste le plus souvent silencieuse, toujours très attentive.

« J'ai appris que tu étais enceinte. »

Devant cette non-question, Malika attend.

« Le bébé va bien ? » tergiverse Jalal – il a la réponse à cette question mais n'ose aborder frontalement le problème.

« Oui, répond Malika, il va bien. Il a survécu. À tout », ajoute-t-elle.

C'est ce « à tout » qui donne à Jalal la force de demander :

« Pourquoi ne m'avais-tu rien dit ? »

Malika regarde Fatimah, qui fait « non » de la tête, comme pour dire « Ne réponds pas ».

Alors Jalal va plus loin, même si jamais il n'aurait pu imaginer parler de cela avec une femme, qui plus est une étrangère :

« Je suis le père ? »

Nouveau regard de Malika vers Fatimah. Cette dernière semble vaciller ; elle ferme les yeux et fait un

156

nouveau signe de tête à son amie, mais là, Jalal le saisit aussitôt, c'est «oui». Elle veut que Malika parle.

«Elle ne sait pas. Il y a eu un homme...»

Il est si difficile de prononcer de tels mots que Malika s'interrompt. Mais, au regard de fou que lui lance Jalal, elle comprend immédiatement qu'il peut se méprendre sur le rôle de l'homme dont elle parle. Cela lui donne le courage de poursuivre.

«Un homme a agressé votre femme, un jour, au village.

— Il l'a...?» Les mots ne sortent pas. D'autant plus qu'il voit les larmes couler sur le visage de sa femme. Il n'ose la regarder mais il perçoit sa douleur, insupportable. Il sent ses mains se serrer comme pour étrangler l'agresseur, le monstre qui a commis ce crime. Il regarde de nouveau Malika, cette femme qui partage ce si lourd secret.

«Oui. C'est pour ça qu'elle ne sait pas. C'est pour ça qu'elle n'a rien dit. Qu'elle a caché sa grossesse, à tous.

— Mais qui? Qui?» C'est un cri, de colère et de douleur mêlées, qui sort de sa bouche.

Les deux femmes se regardent. Fatimah fait un signe de la tête que Malika traduit sur-le-champ.

«Elle ne l'a pas vu. Il faisait sombre, elle ne le connaissait pas.

— Mais pourquoi?» Il veut dire : «Pourquoi n'a-t-elle rien dit?» mais s'arrête. Il a bien sûr la réponse. Il imagine la honte qui l'a saisie, la honte qui existe sûrement encore aujourd'hui.

Comment un tel dialogue peut-il avoir lieu dans ce jardin à l'atmosphère paisible, au silence rompu par des cris d'enfants? Il se sent comme dans un autre monde, un monde parallèle. Il ne sait plus où il en est, ce qu'il veut encore savoir. Il ne pense même plus à ses doutes sur la fidélité de sa femme, il ne veut plus rien connaître de ses liens avec le maître, il n'y pense plus, d'ailleurs.

Il regarde sa femme. Ses larmes ont cessé de couler mais une telle détresse se lit sur son visage qu'il en a le cœur chaviré. Il sait ce qu'il doit faire. Il s'apprête à lui dire quelle décision il vient de prendre quand Malika, sur un regard que lui lance Fatimah, reprend la parole.

« En fait, elle en a parlé. À votre mère. Quand elle s'est rendu compte qu'elle était enceinte, elle lui a dit ce qu'elle avait subi. Votre mère était au courant depuis le début, et n'en a parlé à personne. C'est tout ce que je peux vous dire. N'en demandez pas plus. »

Jalal se fige, horrifié par ces propos. Par le rôle joué par sa mère. Cela, il devra le régler. Après un temps, il reprend, en pesant chacun de ses mots pour leur donner plus de force :

« Fatimah, ma femme, pardonne-moi de n'avoir rien vu, rien compris. Je n'ai pas imaginé une seconde tes souffrances. Je ne peux effacer ce passé mais je peux te proposer un avenir. Si tu le veux, quand tu seras guérie, nous referons notre vie ailleurs, avec nos enfants. Nous quitterons ce village maudit. Pour vivre ici, en ville. Le cousin que j'ai vu aujourd'hui peut me trouver du travail. J'en ai longuement parlé avec lui cet après-midi. Il propose même de nous loger les premiers temps. Tu le voudrais, Fatimah, dis ? »

Fatimah le regarde, longtemps. Elle baisse alors le voile qui couvrait encore le bas de son visage. Elle veut que son mari voie ce qu'il aura à affronter tous les jours, cette blessure atroce. Il ne faut pas qu'il regrette un jour.

Jalal reste impassible. Il comprend le test qu'elle lui fait passer. Il s'y est préparé. C'est une torture de regarder ce visage qui a tant souffert mais il n'en montre rien.

Alors elle acquiesce et parle, enfin. Un seul mot :
« Oui. »

Il avance la main, effleure de ses doigts non ceux de sa femme, mais les bandages qui les enserrent. Ce simple contact fait affluer des larmes dans les yeux de Fatimah. Tant d'années qu'un geste de tendresse n'avait été échangé entre eux, que la douceur ne faisait plus partie de leur quotidien ! Peut-être qu'autre chose est possible, alors ? Ce viol, ces blessures ne sont pas la fin de sa vie ? Elle voudrait se laisser aller à cette espérance, mais elle sait que son dernier secret reste à aborder et que là elle ne dira rien. Elle attend, en silence. Le temps que son mari ose :

« Et l'accident... Que s'est-il passé ? demande-t-il en s'adressant cette fois directement à elle.

— Tu le sais, on te l'a raconté, je préparais le biberon et tout s'est embrasé, je ne veux plus parler de cela, s'il te plaît. »

Il perçoit dans la voix de Fatimah une réticence ; il y a quelque chose qu'elle ne dit pas, c'est sûr, mais c'est si fermement qu'elle lui a enjoint d'arrêter qu'il ne peut insister. C'est elle, qui a tant souffert, qui vit avec ce souvenir. A-t-il le droit de la torturer encore ? Il prend le parti de ne pas aller plus loin. Peut-être un jour en dira-t-elle davantage. Si elle le veut. Pour l'instant, ils ont une vie à reconstruire, avec un élan retrouvé, un enfant à venir. Quel qu'en soit le père, il l'aimera.

Fatimah et lui l'élèveront ensemble, avec leurs petites. Ce sont ces mots qu'il lui dit à présent, en baissant la voix, des mots qui n'appartiennent plus qu'à eux.

Malika l'a senti. Voyant que le murmure de Jalal apaise son amie, elle serre doucement son bras, puis se lève et s'éloigne.

Arrivée au fond du jardin, avant de sortir, elle se retourne.

Un couple est assis. Un homme et une femme, face à face. Penchés l'un vers l'autre, ils se parlent. On pourrait croire à une histoire simple.

18

Le lendemain, au village

Baba ne tient pas en place. Depuis que son fils est rentré hier soir, elle est dans tous ses états. En fait, pour être honnête, c'était depuis le matin qu'elle se sentait mal, précisément depuis que Jalal avait demandé à prendre la voiture pour «aller voir sa femme», avec une inflexion presque tendre dans la voix. Elle sent la menace, le danger, le vent qui tourne, et ne sait que faire.

Mais a-t-elle encore le courage d'agir? Elle n'en peut plus de se battre. Chaque coup avancé se retourne contre elle. C'est comme une partie d'échecs entamée avec sa belle-fille depuis toutes ces années, depuis son arrivée dans la maison. Les coups ont été portés un à un, inélégants, certes, mais efficaces. Elle a ainsi toujours eu une longueur d'avance dans cette partie.

Mais, depuis quelques jours, tout lui échappe. Comme si sa belle-fille, qu'elle était pourtant parvenue à exiler au loin, et en bien mauvais état, reprenait la main.

Pour l'heure, elle cherche juste une solution. Pour que son fils ne connaisse pas la vérité, pour que sa belle-fille ne gagne pas, pour qu'elle-même ne perde pas tout.

À quel moment a-t-elle commis une erreur ? Quand elle a su, pour le maître ? Lors de l'agression commise par Dilo ? Le jour du drame ? Quand Jalal lui a annoncé la grossesse de sa femme ? Ou bien avant ?

Et si c'était à la mort de Firouz que tout avait vraiment commencé ?

Elle se souvient très bien de ce jour-là. Elle se trouvait dans la grande pièce près de la fenêtre. Elle triait des épices que son fils lui avait rapportées du marché. C'était un après-midi paisible que rien ne semblait devoir troubler.

Et puis il y avait eu le hurlement, les aboiements, le silence et les cris de sa belle-fille. Avant même de se lever, elle savait qu'une catastrophe s'était produite. Quand elle avait rejoint la cour, le corps de son petit-fils était étendu par terre et, couché sur lui, celui de sa mère qui gémissait. Elle n'avait pas eu besoin de regarder le visage abîmé par les morsures pour comprendre que toute vie avait déserté l'enfant. Des voisines avaient relevé Fatimah, l'avaient emmenée dans la maison puis s'étaient occupées de Saywan, qui était restée immobile au milieu de la cour, incapable de bouger. Ce soir-là, son cœur s'était serré à la vue de sa belle-fille, de ses traits ravagés par une souffrance innommable.

Dans les jours, les semaines qui avaient suivi, elle avait constaté la froideur que Jalal manifestait envers

Fatimah. Il lui parlait à peine, sèchement, la regardait avec dureté et l'ignorait la plupart du temps, ne la remarquant que pour la rabrouer. Même si elle n'avait jamais porté sa belle-fille dans son cœur – trop jolie, trop fine, trop arrogante surtout –, Saywan avait eu pitié d'elle.

Et surtout, elle avait eu peur. De manière irrationnelle, elle s'était dit que Jalal était tellement en colère contre sa femme, qu'il rendait clairement responsable de la mort de leur fils, qu'il pourrait la répudier. Ou que Fatimah, à bout, pourrait retourner chez ses parents. Avec ses enfants.

Là était le problème. Saywan avait déjà perdu Firouz, il n'était pas question qu'elle perde ses petites-filles. Elle adorait ses petits-enfants, et particulièrement Farah. Il est vrai qu'elle se montrait souvent dure avec elle, mais elle aimait profondément cette enfant. Elle adorait lui raconter des histoires, la voir s'émerveiller ou trembler au fur et à mesure du récit.

Elle craignait d'autant plus de perdre ses petits-enfants qu'elle n'était pas certaine d'en avoir d'autres. Sa fille aînée, Hanar, bien qu'unie depuis des années à Dilo, ne parvenait pas à enfanter. Et la plus jeune, Imen, mariée à seize ans, s'était retrouvée veuve deux ans plus tard, son époux ayant trouvé la mort lors d'un accident de chantier. La remarier n'était pas évident, les hommes intéressés n'étaient pas nombreux. Elle recherchait un veuf qui aurait besoin d'une mère pour ses petits orphelins mais n'en trouvait pas, et cela faisait maintenant cinq ans qu'Imen pesait sur la vie familiale. Elle avait repris espoir depuis quelques mois, sa fille était plus légère, plus gaie. Mais, ces derniers jours, la morosité avait regagné du terrain et, à nouveau, son avenir l'inquiétait beaucoup.

Alors Saywan s'était en quelque sorte raccrochée à ses petits-enfants, ils la consolaient de ses déboires. Et elle avait parlé à Jalal, lui expliquant que personne n'était responsable de cet accident et qu'il ne pouvait continuer ainsi avec sa femme, qu'il devait pardonner.

Son fils lui avait obéi, comme toujours. La vie avait repris son cours, presque normalement, mais au fond d'elle-même Saywan gardait une rancœur contre sa belle-fille. Elle lui en voulait d'avoir dû plaider sa cause auprès de son fils.

Les années avaient passé, un bébé était né, encore une fille ! Son amertume contre cette femme avait augmenté, incapable qu'elle était de faire un deuxième garçon.

Et puis quelque chose avait changé, quelque chose qu'elle avait été seule à remarquer avec Hanar. Elles avaient l'impression que Fatimah se transformait. Elle était plus avenante, plus souriante. Elle participait à toutes les tâches avec entrain. Parfois on l'entendait chanter tandis qu'elle préparait le dîner ou étendait le linge. Et elle se maquillait davantage les yeux. Elle lavait ses tuniques plus souvent. Elle avait même acheté deux foulards neufs au marché.

Hanar s'en était ouverte à sa mère. Des remarques acerbes qui étaient tombées dans une oreille très réceptive. Mais ni l'une ni l'autre ne voyaient de raison à ces changements. Le comportement de Jalal envers son épouse ne s'était pas modifié, il était toujours assez sec avec elle.

Toutes deux surveillaient la jeune femme, jour après jour, cherchant l'explication de ce qui ressemblait bien à un bonheur entré dans la vie de Fatimah. Un bonheur dont elles étaient toutes deux violemment jalouses. C'est la mère d'une amie de Farah, Beslan, qui leur avait apporté la solution un matin. Elles étaient allées à la rencontre du vendeur de tissu ambulant et, en chemin, discutaient avec quelques femmes du village. Il avait été question du changement de maître à l'école. Et cette femme, tout à coup, avait interpellé Hanar :

« Vous le connaissez bien, cet homme, non ?

— Pas particulièrement. Mon mari a travaillé à remettre en état sa maison, mais moi, je n'ai fait que le croiser deux ou trois fois. »

Beslan avait poursuivi sur sa lancée :

« Pourtant, Fatimah, elle le connaît bien, très bien même. »

Baba était intervenue :

« Pourquoi dites-vous ça ?

— Oh, comme ça. Mais on raconte qu'il s'en passe de belles dans la classe entre votre belle-fille et cet homme, une fois que les enfants sont parties. On dit même que Farah assisterait à certaines choses pas très propres. Enfin, ce sont des on-dit, n'est-ce pas ? » avait conclu Beslan, qui semblait avoir fini de distiller son venin.

Baba avait alors mis la main sur l'épaule de sa fille :

« Viens, on rentre. »

Elles avaient rebroussé chemin sans attendre l'arrivée du marchand et avaient fait en silence le trajet jusqu'à la maison, perdues dans leurs réflexions après les révélations de cette femme.

Dès leur arrivée, et après avoir vérifié que les enfants n'étaient pas rentrées, le conciliabule avait débuté :

« Mère, tu te rends compte de ce qu'elle vient de dire ? Penses-tu que ce soit vrai ?

— Oui, j'en suis sûre. C'est l'explication que l'on cherchait. Ce changement survenu chez Fatimah, c'est cet homme qui en est à l'origine. Depuis qu'elle l'a rencontré, elle nous ment, elle trompe Jalal, elle se moque de nous, elle nous insulte par son comportement. Elle fait du tort à la famille. Elle est ignoble. Ma belle-fille est un monstre !

— Qu'allons-nous faire, Mère ?

— D'abord, ne rien dire. Faisons comme si nous ne savions rien. Pas un mot à ta sœur ou à ton mari. Encore moins à Jalal ! Observons simplement. Elle fera un jour un faux pas, c'est sûr. Attendons. »

Ces propos avaient calmé Hanar, mais elle n'avait pu garder le secret. Elle avait tout raconté à Dilo, d'autant que celui-ci détestait Fatimah depuis qu'elle avait annoncé sa première grossesse. S'il n'en avait pas voulu à Jalal d'être capable de transmettre la vie, il avait rejeté toute sa frustration et son humiliation de ne pas être père sur sa belle-sœur. Et chaque grossesse augmentait sa haine. Mais curieusement, quand sa femme lui avait dit ce qu'elles avaient appris, Dilo n'avait fait aucun commentaire. Et Hanar n'avait rien soupçonné.

Baba non plus, au début. Mais, fine observatrice, elle avait constaté que son gendre scrutait étrangement Fatimah. Elle n'aimait pas les regards qu'il lui lançait. Cela avait duré plusieurs jours. Puis, tout à coup, plus rien : il ignorait totalement sa belle-sœur.

Saywan avait été surprise le soir où Fatimah était rentrée essoufflée, le pantalon un peu déchiré et taché de terre. Même si elle n'avait qu'entraperçu sa belle-fille, qui était vite allée se changer et se nettoyer au puits, elle s'était demandé ce qui s'était passé. Et avait eu un soupçon.

Quelques semaines plus tard, elle avait entendu Fatimah se lever la nuit pour vomir, et gémir de douleur. Un matin, après son départ, elle avait fouillé sous le lit. Sa main avait ramené des herbes. Le doute n'était plus permis : sa belle-fille était enceinte et elle faisait tout pour faire passer son bébé. Mais il s'était accroché. Elle en était certaine, un enfant grandissait dans le ventre de Fatimah, un enfant qui n'était pas de son fils et probablement pas du maître non plus.

Des jours pénibles avaient passé. La tension augmentait dans la maison. Sa belle-fille était de plus en plus nerveuse. Il était loin le temps des sourires et des chansons, Fatimah avait le visage fermé, les traits tirés. Baba ne tenait pas en place : quelque chose allait forcément se produire, pour que cette tension, cette mascarade cessent. La vérité devait éclater au grand jour, même si cela devait faire du mal ; ce n'était plus tenable ainsi.

C'est Fatimah qui avait provoqué la crise.

Il était 15 heures. Farah et Fidan étaient reparties pour l'école. Hanar et Imen étaient au lavoir, les hommes au travail. Seul le cousin était resté. Baba s'était allongée avec Leila. Du lit elle observait sa belle-fille. Celle-ci avait épluché les légumes, plumé et découpé le poulet puis transporté le bidon rempli de kérosène afin d'allumer le feu pour cuire la soupe. Ces activités ne paraissaient pas occuper son esprit. Fatimah était manifestement en proie à une agitation intense. Ses lèvres bougeaient sans cesse comme si elle se parlait à elle-même. Par moments elle jetait des regards à Saywan, qui se demandait ce qu'elle allait faire – se mettre à pleurer? Lui parler? Demander son aide? Tout était possible.

Et alors qu'elle s'apprêtait à se baisser pour allumer le feu, Fatimah avait arrêté son geste. Elle s'était redressée et, sans bouger, avait apostrophé sa belle-mère :

« C'est décidé. Je vais tout dire à Jalal ce soir. »

Un vide s'était creusé dans la poitrine de la vieille femme. Elle venait de comprendre ce que sa belle-fille voulait lui dire – et ce qu'elle devait faire. Elle s'était redressée difficilement, s'était extirpée du lit et dirigée vers Fatimah, comme pour stopper les mots qui allaient suivre. Mais Fatimah était lancée :

« Je suis enceinte. J'attends un enfant de votre gendre. Ce monstre ! » Ces mots, elle les avait crachés comme pour éliminer un peu du chagrin, de la colère, de l'écœurement qui l'habitaient. « Vous en dites quoi ? »

Baba avait fixé sa belle-fille, les yeux remplis de la haine qu'elle lui vouait depuis si longtemps, mais elle s'était tue.

Devant ce silence, Fatimah avait compris :

« Vous le saviez? Vous saviez ce que Dilo m'a fait et vous n'avez rien dit? C'est pire que tout. Je savais que vous ne m'aimiez pas, mais couvrir cet acte horrible... » Des pleurs l'avaient empêchée de continuer.

Et là, Baba avait parlé. Elle s'était soulagée de tout ce qu'elle avait sur le cœur depuis toutes ces années, qu'elle ne lui avait jamais dit et qui s'était accumulé : son attitude hautaine, son comportement égoïste, son manque de générosité. Elle lui avait dit qu'elle n'aimait pas sa façon d'être avec son fils, avec elle-même, la manière dont elle élevait ses enfants. Elle était même allée jusqu'à lui reprocher la mort de Firouz. Quant à l'acte de Dilo, Fatimah ne devait s'en prendre qu'à elle-même. C'était elle la première coupable, elle qui avait tout déclenché.

Écrasée par le poids de cette haine, Fatimah s'était contentée de répéter à sa belle-mère ce qui était devenu son idée fixe : « Je vais tout dire à Jalal. Tout. »

Ç'avait été la phrase de trop.

Baba s'était approchée de sa belle-fille et, avant que celle-ci pût réagir, elle lui avait arraché les allumettes des mains, avait empoigné le kérosène, le lui avait renversé sur le corps, puis elle avait craqué l'allumette...

En un réflexe primaire, Fatimah avait mis les mains devant son visage pour se protéger, mais les flammes s'étaient accrochées à son voile et avaient léché sa peau. En un instant elle était devenue une torche.

Baba avait regardé la femme qui hurlait et se tordait devant elle et avait déclaré :

« Non, tu ne diras rien à mon fils. Tu ne diras plus rien. À personne. »

Elle avait attendu encore un peu. Que l'irréversible se produise. Puis elle était sortie de la maison et s'était mise à crier : « Vite, de l'aide ! »

C'est le cousin qui était arrivé le premier, qui avait tenté d'éteindre les flammes et, poussé par Baba, avait emmené la malheureuse à peine consciente à l'hôpital.

Après son départ, Baba, aidée des voisines, avait nettoyé la scène d'horreur : elle avait balayé, remis de la terre sur le sol de la pièce, aéré pour faire partir l'odeur. Elle laissait couler quelques larmes, pour les autres femmes, mais son cœur était sec. Elle n'avait pas prémédité tout cela, mais sa belle-fille ne l'avait pas volé, et finalement c'était mieux ainsi. Fatimah allait sûrement mourir, ses petits-enfants resteraient avec elle, Jalal se consolerait et Dilo ne serait jamais inquiété. Pas une once d'émotion n'affleurait en elle : Fatimah était punie pour tout ce qu'elle avait fait. Sans le geste, finalement courageux, que Saywan avait eu, c'est l'honneur de sa famille qui aurait été détruit. La révélation du forfait de Dilo aurait rejailli sur tous les membres de la famille. Ils auraient sûrement été chassés du village. C'était impossible. Justice était rendue.

Bien sûr, il avait fallu calmer Jalal quand il était rentré et avait appris le drame, il avait fallu aussi inventer une histoire. Et puis, pour que son fils accepte cette situation, elle n'avait eu de cesse, les jours suivants, de rabaisser sa belle-fille. Quelques mots par-ci, par-là, des allusions sur le fait qu'elle n'était pas pour lui, qu'elle était moins bien que ce qu'il pensait. Cela avait fait son chemin en lui, apparemment. Les enfants aussi avaient été mises au pas. On ne parlait plus de Fatimah dans la maison. Comme si elle ne se battait pas pour vivre dans un lit d'hôpital, souffrant le martyre. Non, c'était comme si elle n'avait jamais existé.

Et Baba recommençait à respirer. Même vis-à-vis de Dilo, elle avait retrouvé son calme. Car au début elle lui en avait voulu. Oh, pas de ce qu'il avait fait subir à Fatimah – elle l'avait mérité. Non, elle lui en voulait de son imprudence et de sa dissimulation. De l'avoir laissée, elle, trouver des solutions. Mais désormais tout rentrait dans l'ordre.

Jusqu'au soir où Jalal l'avait prise à partie. Le bébé, apparemment, était vivant, la grossesse évoluait et son fils l'avait appris. Il avait eu des doutes concernant sa paternité. Et c'est à sa mère qu'il demandait des comptes ! Il avait osé !

Elle avait eu beau lui assurer qu'elle n'était au courant de rien, il ne semblait pas la croire. Alors, pour se débarrasser de lui autant que pour se venger de cet homme qui s'était immiscé dans le cœur de sa belle-fille détestée, qui l'avait rendue heureuse – durant quelques semaines du moins –, elle lui avait dit d'aller se renseigner auprès du maître. Cela avait clos la dispute.

Mais elle avait immédiatement regretté ses propos, qui pouvaient tout remettre en question. C'était une erreur : si jamais Fatimah avait parlé à cet homme de l'agression qu'elle avait subie, la famille était à nouveau en danger.

Alors elle avait réveillé son mari et Dilo, qui dormaient déjà. Leur avait tout expliqué et les avaient envoyés chez le maître avec mission de lui faire peur, pour qu'il ne parle jamais.

C'est quand ils furent partis qu'elle s'était rendu compte que son fils n'était pas là. Il n'était pas rentré à la maison après leur dispute. Les heures qui avaient suivi avaient été les plus longues de sa vie.

Elle avait d'abord entendu Jalal revenir, mais n'avait pas osé aller le voir. Et l'attente s'était poursuivie.

Deux heures plus tard, alors qu'elle était à bout de nerfs et de patience, son mari et Dilo avaient réapparu. Ils étaient venus la trouver et lui avaient raconté les faits en chuchotant si bas que parfois quelques mots lui échappaient, qu'elle leur faisait alors répéter.

« Tu ne nous avais pas dit que Jalal était sorti, lui avait reproché son mari.

— Mais je ne le savais pas ! Je l'ai constaté après votre départ. Il est allé là-bas ? Vous l'avez croisé ?

— Oui, mais il ne nous a pas vus. Quand nous sommes arrivés chez le maître, tout était sombre. On a entendu du bruit derrière la maison, alors on s'est avancés tout doucement et c'est là que l'on a vu Jalal qui regardait par la fenêtre. On s'est cachés. Quelques minutes plus tard, il est parti ; il est passé à quelques mètres de nous mais, dans l'obscurité, il ne pouvait deviner notre présence. Dès qu'il s'est suffisamment éloigné, on s'est approchés de la maison. Il n'y avait personne. Les chiens non plus n'étaient pas là. Tout était calme.

— Qu'avez-vous fait, alors ?

— Eh bien, on s'est assis devant la maison et on l'a attendu. Il allait forcément revenir à un moment ou à un autre, non ? Mais ça a été long. On commençait à s'assoupir tous les deux, ce sont les aboiements des chiens qui nous ont réveillés. Le maître a ouvert la remise et y a fait entrer les bêtes, puis il est allé vers la porte et, là, il nous a vus.

— Il a eu peur ?

— Oui, en voyant Dilo, manifestement il a eu peur. Il nous a dit : "Que voulez-vous, à cette heure-ci ?

« – Te parler, je crois bien.

« – De quoi ?

« – D'une femme avec qui tu t'es mal comporté, une femme que tu n'avais pas le droit d'approcher parce qu'elle est mariée à mon fils, tu comprends ça ?"

172

« Il a tenté de rentrer dans la maison mais j'étais devant la porte et je bloquais le passage. "Je peux tout vous expliquer, m'a-t-il dit, je n'ai rien fait de mal et votre belle-fille non plus. C'est une femme remarquable et je vous jure qu'il ne s'est jamais rien passé entre nous, votre belle-fille est pure.

« – Ne nous jure rien, tu es un menteur, un corrupteur de femmes, un pervers." À mesure que je disais cela, je le voyais se décomposer. Ah, il n'en menait pas large, tu aurais dû le voir, cela t'aurait plu !

— Oui. Il méritait sa peur, avait approuvé Baba. Et après ?

— J'ai avancé d'un pas en levant le bras, c'était pour lui faire encore plus peur, tu vois, et ça l'a terrifié : il a fait un pas en arrière, puis demi-tour et a tenté de fuir. Avec Dilo nous l'avons vite rattrapé. Ensuite...»

Baba avait senti que la situation leur avait échappé, que quelque chose avait dérapé. « Et ?

— Écoute, on a dû agir. Il a paniqué, a appelé ses chiens. Quand on a entendu qu'ils donnaient des coups dans la porte de la remise, on l'a empoigné, Dilo et moi, on a fait deux mètres en le tenant par son pantalon jusqu'à l'amener au puits et là, sans se consulter, on l'a soulevé et on l'a fait basculer dedans. Ça a été tellement rapide qu'il n'a pas eu le temps de réaliser ce qui se passait, il n'a pas crié, rien. La porte de la remise était sur le point de céder, alors on a filé sans demander notre reste.

— Bon, avait dit Baba, ce n'est pas ce qui était prévu mais comme ça, il ne risque plus de parler. Vous êtes sûrs qu'il est mort, au moins ?

— Ah ça, s'il n'est pas encore mort, ça ne va pas tarder, avait répondu Dilo. On a juste eu le temps d'entendre le bruit du choc, quand il a touché l'eau. Il ne peut pas remonter. Donc si la chute ne l'a pas tué, demain matin, de toute façon, il sera froid. Promis.»

Finalement, Baba était soulagée de ce qui s'était passé. Tout cela ressemblait à un accident, personne ne se douterait de rien et jamais Jalal ne pourrait parler au maître – ce qui était le but recherché.

Et effectivement, quand le lendemain Farah était rentrée à la maison, effondrée, en annonçant la mort accidentelle de son maître, Baba s'était dit que la situation était maîtrisée. Qu'ils allaient enfin pouvoir être tranquilles.

Que s'est-il passé dans la tête de son fils pour qu'il cherche à comprendre les événements ? Cette mort ne lui paraît-elle pas accidentelle ? Quelqu'un d'autre a-t-il parlé ?

Et comment expliquer cette douceur nouvelle quand il parle de sa femme ? Pourquoi veut-il lui rendre visite ?

Saywan s'est inquiétée toute la journée. Jalal est parti tôt pour l'hôpital et n'est réapparu que l'heure du dîner passée, le visage fermé – pour sa mère, mais pas pour ses filles, qu'il a embrassées tendrement et mises au lit, avant de s'allonger près d'elles sans dire un mot.

Baba n'a pas dormi de la nuit. Elle guette les lueurs de l'aube.

Il est 6 h 30 quand elle entend son fils se lever. À travers ses paupières mi-closes, elle l'observe : assis sur son lit, il regarde ses filles. Il a la tête baissée mais elle le voit essuyer son visage. Impossible ! Son fils ne peut pas pleurer !

Tout lui échappe. Que s'est-il passé la veille durant la longue journée qu'il a passée loin des siens ? Qui a-t-il vu ? Qu'a-t-il appris ?

Elle ne sait plus si elle veut que son fils lui parle ou si elle préfère qu'il continue de se taire.

19

Le lendemain soir, au village

Jalal s'est de nouveau absenté toute la journée.

Ce matin, c'est à peine s'il a adressé la parole à sa mère. Il a juste exigé de prendre la voiture. Et quand son père lui a demandé pourquoi, il s'est contenté de répondre : «J'en ai besoin.»

Baba ne se fait plus aucune illusion, il retourne voir Fatimah. La situation lui échappe complètement. Mais quand va-t-il enfin lui parler?

Elle a de nouveau attendu une longue journée de plus. Des heures interminables. Des minutes qui s'égrènent avec une lenteur insupportable.

À 19 heures, enfin, un bruit de moteur – ou plutôt de deux moteurs. Des pneus qui crissent, un freinage brutal.

Quelques instants plus tard, Jalal pousse la porte et, des yeux, cherche ses filles. Elles sont installées chacune sur leur coussin : Farah raconte une histoire à Fidan et tient Leila contre elle.

Il se dirige vers elles, les embrasse et les serre contre lui. Puis il leur parle si doucement que sa mère n'entend pas un mot de cet échange. Qui dure, s'éternise.

Saywan regarde ce clan qu'elle ne connaissait pas : le père et ses trois filles, qui l'exclut totalement. Elle attend avec impatience que ce conciliabule prenne fin, car elle veut parler à Jalal, le forcer à s'expliquer avant que le reste de la famille n'arrive. Elle veut aussi voir son regard, qui la fuit ces derniers jours. Elle veut lire ses sentiments, ceux qu'il a encore pour elle, c'est sûr.

Mais il prend son temps. Finalement, après un nouveau baiser à ses filles, il se redresse, se retourne, et la regarde enfin. Avec une dureté extrême. À cet instant, elle sait.

«Viens avec moi, lui dit-il, que mes filles n'entendent pas ce que j'ai à te dire.

— Je suis ta mère, tu me respectes et tu m'appelles Mère, s'il te plaît.

— Non, après ce que tu as fait, je n'ai plus de mère. Je te dis ce que j'ai à te dire, c'est tout. »

Elle le suit en tremblant pour la première fois devant lui.

Une fois hors de la maison, Jalal reprend :

«Tu m'écoutes et tu ne m'interromps pas. Je sais ce qui s'est passé. Ce qu'a subi Fatimah. Le crime que tu n'as pas dénoncé. Je ne veux rien entendre de toi, je veux juste que tu saches que je ne te pardonnerai jamais. Mais je veux avoir un avenir. Je veux que Fatimah ait encore une chance d'être heureuse. Je veux que mes filles grandissent avec leur mère et leur père loin de cette famille. J'ai passé la journée à construire cette nouvelle vie. J'ai trouvé un travail. J'ai un logement provisoire. Je pars. Avec mes filles, qui, dès demain, iront retrouver leur mère dont elles ont été ignoblement séparées. Je leur en ai dit le minimum, pour qu'elles gardent l'image la moins mauvaise possible de cette famille. Elles sont en train de rassembler leurs affaires. Elles vont te dire au revoir, et ce sera fini entre nous. Sois digne, tente de leur donner une dernière image de toi qui soit respectable. Pour le souvenir qu'elles en garderont. Tu expliqueras ce que tu veux aux autres. Ce n'est plus mon problème. »

Baba en reste sans voix, abasourdie. C'est pire que tout ce qu'elle avait pu imaginer dans ses cauchemars les plus épouvantables. Elle a éloigné sa belle-fille mais perd son fils et ses petits-enfants...

Elle ne sait que dire pour plaider sa cause. Elle voudrait dire à son fils qu'elle l'aime, même si jamais ces mots n'ont été prononcés, mais elle sent bien que rien n'infléchira la position de l'homme – est-ce encore son fils ? – qu'elle a devant elle. Elle est sidérée.

Jalal, soulagé par ce silence, tant il craignait des cris ou des pleurs, se détourne pour entrer dans la maison. Elle le suit lentement, pesamment. Son dernier espoir repose sur ses petites-filles, ce chamboulement qu'on leur impose.

Au bruit de la porte, Farah tourne la tête et jette un coup d'œil rapide à sa grand-mère, plus appuyé pour son père. Son visage est grave mais il exprime une certaine joie. Elle a réuni dans un grand tissu ses affaires et celles de ses petites sœurs. À présent, elle est debout et semble impatiente. De quoi ? De retrouver sa mère ?

Mesure-t-elle le chagrin qu'elle cause à sa grand-mère ? Non, bien sûr, c'est le cadet de ses soucis, se dit Baba. *Cette enfant n'est qu'une ingrate. Elle ne vaut pas mieux que ses parents.*

Mais elle a beau retourner maintenant sa colère contre sa petite-fille, Baba sait qu'elle ne la verra plus. Pas plus que Fidan. Pas plus que Leila, qu'elle ne verra pas grandir. C'est fini.

Jalal, lui, n'en peut plus. Il accélère le mouvement, aide Farah à fermer son paquet.

Celle-ci prend le bébé dans ses bras, puis se rapproche de sa grand-mère. Elle se hausse pour l'embrasser mais Baba repousse ce geste. Elle tourne le dos à ses petites-filles et ferme les yeux. Elle ne veut plus rien voir.

Pourtant, elle est bien obligée d'entendre ce qui se passe dans son dos, et qui la glace. Les pas jusqu'à la porte, qui s'ouvre, se referme. Des bruits de portière. Un moteur qui tourne, celui du second véhicule. Les pneus qui crissent sur la terre, la voiture qui s'éloigne. Puis plus rien, le silence.

Baba rouvre les yeux, le cœur vide. Machinalement elle commence à s'occuper du dîner pour le reste de la famille, qui va rentrer de l'enterrement d'une cousine – elle n'y est pas allée, elle la détestait. Elle ne sait pas encore ce qu'elle leur dira ni comment. Mais au moins, ce sera fait.

Après, il faudra attendre. Le retour de son fils. Elle sait qu'il lui reviendra, un jour.

Elle ne peut avoir tout perdu.

20

Quatre mois plus tard, au village

Il est 10 heures. Le village est calme, presque morne, écrasé par une chaleur accablante depuis plusieurs jours. On ne voit personne au-dehors. Seuls quelques cris d'enfants percent le silence.

Une voiture, au loin, s'approche en soulevant un nuage de poussière. Elle pénètre dans le village puis s'arrête juste devant une maison.

La portière du conducteur s'ouvre, un homme sort. Il contourne la voiture et ouvre l'autre portière à une femme, qui descend lentement. On ne distingue pas son visage tant le voile est remonté haut sur son nez. On ne voit pas non plus les parties du corps qui devraient être découvertes. Elles sont cachées par des gants, une écharpe. Par cette chaleur !

La femme touche le bras de l'homme. Elle reste un moment proche de lui, puis elle se dégage et avance en direction de la maison qui fut la sienne. Il y a si longtemps.

Fatimah tremble de peur, d'émotion. De ce qu'elle va faire. Dire. Affronter.

Elle pousse la porte. Deux femmes sont assises, occupées à préparer le pain. La pièce est sombre et, dans la lumière intense provoquée par l'ouverture de la porte, Fatimah n'est pour elles qu'une forme. Mais Baba et Hanar comprennent immédiatement. Même si elles ne reconnaissent pas leur belle-fille et belle-sœur, elles n'ont aucun doute sur l'identité de la visiteuse – qu'elles pensaient ne jamais revoir.

Des mois qu'elles n'avaient pas eu de nouvelles de Jalal, des enfants et donc de cette femme par qui tout le malheur était arrivé.

Fatimah s'avance. Hors de ce soleil, visible. Les femmes l'observent, cherchent sur le visage les traces des sévices subis mais tout est dissimulé, à l'abri des regards. Seul saute aux yeux le ventre, transformé par des mois de grossesse. Ce ventre qu'elles fixent. L'objet du drame.

La confrontation dure. Le silence est si pesant qu'Hanar sent la nécessité d'interrompre cette scène figée.

« Fatimah, toi ici ? bredouille-t-elle.

— Pourquoi, ça t'étonne ? Vous ne vous attendiez pas à me voir ? Je ne suis pas morte. Même si vous le regrettez. »

La voix s'est modifiée, les brûlures ont rendu les intonations plus rauques et un peu éraillées. Mais c'est toujours la même façon de parler, avec retenue.

Saywan et Hanar ne savent que répondre. Elles s'interrogent sur les raisons de cette visite tout en en percevant clairement l'intention négative.

Hanar sait tout de l'histoire de Fatimah, enfin, presque

tout. Sa mère lui a raconté la façon dont Jalal était parti, ce qu'il lui avait dit. Elle est donc au courant de la grossesse de sa belle-sœur, et croit connaître l'iden- tité du père de l'enfant – même si elle n'a jamais voulu en avoir la certitude. Mais elle ignore, en revanche, ce qui s'est passé le jour où Fatimah a été brûlée. Elle a cru à la thèse de l'accident. Jusqu'à présent, car ce qu'elle pense maintenant, en regardant Fatimah, c'est que cette dernière est revenue pour se venger. De ce que lui a fait Dilo, mais aussi de celui ou celle qui est à l'origine de ces affreuses blessures. Elle le sent. Quelqu'un est responsable. Mais pour- quoi devrait-elle payer, elle ?

Baba aussi est terrifiée, la peur lui vrille le ventre. Elle est face à celle qu'elle a tenté de supprimer. Qui ne peut que la haïr et souhaiter sa mort, à son tour.

Leurs pensées se bousculent. Et c'est le choc quand Fatimah descend son voile, dénudant son visage – ce qu'il en reste. Plus aucun pansement ne masque l'irré- parable, ce visage détruit, épaissi, mutilé.

« Oh, non », parvient à articuler Hanar, le cœur saisi de pitié, malgré tout.

Baba, elle, ne dit rien. Mais elle empêche un mau- vais sourire d'apparaître sur son visage. Elle était si ébranlée depuis le départ de son fils, si stupéfaite qu'il ne soit pas revenu la voir, que la souffrance évidente qui émane du visage de sa belle-fille lui procure un certain plaisir. C'est sa vengeance à elle.

Fatimah regarde Hanar : « C'est cela que je suis devenue, ce monstre. Grâce à ta mère. »

Baba amorce un geste, un pas. Que sa belle-fille se taise ! Mais, aussi vite, elle renonce. Après tout, cela ne changera rien, il est trop tard.

Hanar, elle, a peur de comprendre :

« De quoi parles-tu ?

— Qu'est-ce qu'il y a ? Tu n'étais pas au courant ? Ta mère ne t'a pas raconté ? Elle t'a dit quoi ? Que je m'étais brûlée accidentellement, c'est cela ? Et tu l'as crue, bien sûr ?

— Oui, c'est ce que je pensais, Fatimah, je ne sais rien, crois-moi. Je te supplie de me croire ! »

Sa lâcheté, la peur qui suinte par les pores de sa peau satisfont la jeune femme. C'est ce qu'elle est venue chercher : sa vengeance. Pour pouvoir passer à autre chose, entamer un nouveau chapitre de sa vie, qui débute aujourd'hui.

Elle est sortie de l'hôpital ce matin. Ce soir, elle habitera enfin avec son mari et ses filles qui, depuis quatre mois, sont installés chez leur cousin. Quatre mois durant lesquels elle a découvert l'amour de son époux et retrouvé ses enfants. Pas Leila, trop petite pour être autorisée à pénétrer dans l'hôpital, mais ses deux aînées.

Farah d'abord, qui est venue la voir dès le lendemain du jour où Jalal et ses filles avaient quitté le village. Le soir même, tard, il avait rendu visite à sa femme pour lui raconter cette scène douloureuse, et le courage de leurs filles face à cette situation. Il lui avait promis que Farah viendrait le plus tôt possible.

Elle n'avait pu trouver le sommeil. Elle appréhendait tellement la réaction de sa fille, avait si peur d'être rejetée ! *Mais mon enfant a été incroyable, comme toujours*, pense-t-elle.

Quand ils étaient arrivés tous les deux, Jalal et Farah, il était près de 18 heures. Fatimah était dans le jardin, terrifiée. Elle n'avait pas voulu tricher, son visage était à nu.

Farah s'était avancée, toute tremblante. Parvenue à la hauteur de sa mère, elle l'avait regardée, et ce que Fatimah avait lu à cet instant sur les traits de sa fille l'avait émerveillée : ce n'était pas de l'horreur, mais du chagrin. Simplement du chagrin. Des larmes avaient coulé sur son visage et elle avait juste dit : «Pauvre Maman, comme tu as dû souffrir.» Elle avait alors approché sa main, et avant que Fatimah ait eu le temps de reculer, sa fille avait touché et caressé la peau iné-gale, douloureuse et si dure. C'était la première fois, depuis le drame, qu'un contact non médical était établi. Un contact d'amour. Et alors que Fatimah s'apprêtait elle aussi à fondre en larmes, Farah lui avait dit :

«Tu m'as tellement manqué, Maman. J'ai cru que tu étais morte, que je ne te reverrais jamais.»

Jalal, conscient de sa responsabilité, avait pris sa fille dans ses bras et lui avait parlé tout en regardant Fatimah :

«Pardon, ma fille, c'est ma faute si tu as été séparée si longtemps de ta mère. Mais c'est fini, tout ça, nous sommes à nouveau une famille à présent.

— Oh oui, Papa, et bientôt avec un bébé en plus! avait répondu Farah en déposant doucement sa main sur le ventre maternel. Le bébé, c'est Papa qui me l'a dit hier, mais moi, je le savais déjà, Maman, avant que tu nous quittes. Et tu sais comment je le savais?

— Non, ma fille chérie, avait répondu Fatimah, plus que jamais au bord des larmes.

— Parce que je t'aime. Alors je te regarde vrai-ment.»

À ces mots, Jalal s'était un instant crispé, puis avait souri à sa fille.

«Papa, il faut que Fidan vienne aussi vite voir Maman. C'est si long, pour elle, tu sais.

— Bien sûr. Elle viendra demain, si Maman est d'accord.»

Fatimah le souhaitait, évidemment, mais redoutait encore plus la réaction de sa seconde. Elle était si jeune, et ses blessures si effrayantes. Elle avait demandé encore un peu de temps.

Quelques jours plus tard, Fidan était venue. Toujours dans ce jardin, lieu de tant d'émotions. Encadrée par son père et sa sœur, elle s'accrochait à leurs mains. Fatimah avait voulu ménager un peu sa petite fille et avait gardé les pansements qui protégeaient les zones les plus meurtries. Malgré cela, Fidan avait été effrayée et s'était cachée contre son père. Mais Farah, encore elle, avait dénoué cette situation qui blessait Fatimah, même si cette dernière s'y attendait. Elle avait pris Fidan contre elle et lui avait dit : «C'est Maman, tu sais, notre maman qu'on aime tant. Bien sûr, elle est pas comme avant, mais c'est pas grave. L'important, c'est qu'elle soit là, tu trouves pas ? Et qu'on puisse l'embrasser.»

Farah s'était alors avancée pour déposer un baiser sur la joue de sa mère, entraînant avec elle sa petite sœur. Fidan, après un instant d'hésitation, l'avait imitée. Le plus difficile était passé.

Depuis lors, Jalal lui amenait souvent ses filles. Le lien se reconstruisait, avec son mari, avec ses enfants, autour de ce bébé qui enfin avait le droit de se montrer. Tout avançait bien plus rapidement qu'elle ne l'avait pensé. Et solidement.

Après toutes ces épreuves, Fatimah était pressée de démarrer sa nouvelle vie avec son mari, ses enfants, dans un nouveau lieu. Le cousin, sa femme étaient venus aussi, à plusieurs reprises. Malika, l'amie fidèle, était souvent présente. Un avenir semblait possible. Et tout se précipitait.

La semaine précédente, Omar, Kamal et les infirmières s'étaient réunis autour de la jeune femme pour discuter de sa sortie. La conclusion avait été unanime : bien sûr, il y aurait encore de la rééducation, peut-être deux ou trois interventions chirurgicales à prévoir. Mais elle pouvait sortir.

Sortir ! Quand ce mot avait été prononcé, Fatimah s'était effondrée. C'étaient trop d'émotions.

Elle avait eu une semaine pour se préparer à cette idée. Mais aussi... pour organiser ce qu'elle était en train de faire en ce moment : ce retour au village, cette confrontation avec celles qui avaient détruit sa vie en même temps que son identité. Cela s'était imposé à elle comme une nécessité.

Elle ne pouvait commencer une nouvelle vie sans clore l'ancienne. Tout s'était passé sans qu'elle décide de rien. Elle avait quitté son village, sa maison, sa famille contre sa volonté. Elle n'avait pas dit au revoir – ou adieu. Elle ressentait le besoin de le faire.

Revoir les lieux. Les monstres qui y vivaient encore, en paix, eux. Mettre des mots. Dire les choses. Mais elle ne savait pas exactement ce qui se passerait. Elle n'avait pas prévu notamment la présence de son mari. C'est lui, apprenant son souhait, qui avait exigé de l'accompagner, bien que retourner sur les lieux de son ancienne vie et affronter à nouveau sa mère lui fassent horreur. Fatimah n'était pas d'accord, mais il ne lui avait pas laissé le choix.

« Je t'emmène, Fatimah, ou tu n'y vas pas. Le bébé va naître bientôt. Je ne te laisserai pas dans cet état sur la route, ni là-bas sans moi.

— Si tu m'emmènes, tu ne rentres pas dans la maison. Tu m'attends. C'est à moi de régler ma vie. Pour que nous puissions vivre la nôtre. »

Jalal avait accepté.

Il est venu la chercher ce matin à l'hôpital, a assisté à ses au revoir, très émus, avec le personnel qui s'était occupé d'elle avec tant de dévouement pendant des mois.

Malika était là elle aussi pour ce moment important, une Malika qu'il a sentie très tendue, inquiète. Jalal a eu l'impression qu'elle voulait lui parler, mais il n'a pas trouvé les mots pour amorcer le dialogue, et puis les jeunes femmes prévoyaient de se revoir très vite, en ville, alors il n'a pas insisté.

Ils ont pris la route immédiatement. Jalal ne savait pas ce que Fatimah voulait faire exactement, mais il avait compris qu'il devait la laisser libre, tout en étant là pour la protéger, contre ces deux femmes.

Et le moment est arrivé.

Fatimah ressent le besoin de raconter à sa belle-sœur ce qu'elle revit dans son sommeil toutes les nuits, cette scène atroce. « Eh bien, oui, c'est ta mère qui est à l'origine de ce que je suis aujourd'hui. C'est elle qui m'a brûlée, intentionnellement. Et tu sais pourquoi ? »

Baba continue de se taire. De toute façon, elle ne peut rien faire. Sa belle-fille est venue régler ses comptes, elle ira au bout, Saywan en est sûre. Si un des hommes était dans la maison, peut-être pourrait-elle changer le cours des choses, mais ils sont au travail. Alors elle laisse Fatimah parler.

« Parce que j'allais raconter à mon mari, ton frère, que je portais dans mon ventre le fruit d'un viol. Un viol perpétré par Dilo. Et ta mère n'a pas supporté, oh, pas cet acte immonde, mais sa dénonciation. »

Fatimah entend un cri, mais il ne vient pas d'Hanar, qui n'a eu que la confirmation de ce qu'elle supposait. Non, il vient de son mari à elle, Jalal, qui, inquiet, s'est rapproché silencieusement de la maison et s'est posté juste derrière la porte au cas où sa femme aurait besoin de lui. Il a tout entendu et pénètre dans la maison, halluciné.

« Ce n'est pas vrai ? Fatimah, dis-moi que ce n'est pas vrai ! »

Sa femme se retourne, le regarde avec calme. Ce qu'il lit dans ses yeux est une confirmation. Et le silence de sa mère et de sa sœur parle contre elles. Ce récit d'un double crime est bien l'ignoble réalité.

Jalal voudrait hurler, se ruer sur elles, les massacrer, mais Fatimah s'approche de lui, pose sa main sur son bras et lui dit :

« Jalal, tu n'aurais pas dû entendre tout ça. Je voulais t'épargner. Mais peut-être est-ce mieux ainsi. Maintenant, tu dois me laisser aller jusqu'au bout. Me laisser dire. Et m'écouter. Que je puisse être en paix avec moi-même.

— Mais c'est impossible !

— Laisse-moi, s'il te plaît », le supplie-t-elle d'une voix à la fois si épuisée et si ferme qu'il se tait. Elle s'adresse à lui à présent : « Ta mère, ta sœur, ton...

189

(elle voudrait dire "beau-frère" mais n'y parvient pas, cela ne sort pas), enfin... lui, ils ont cru que j'avais une histoire avec le nouveau maître de Farah. » Elle choisit ses mots pour pouvoir raconter, sans blesser son mari, son amour pour Samal. « C'est faux. Je te jure que c'est faux. Ce qui est vrai, c'est qu'il m'a apporté, à un moment, un peu d'espoir et de paix. Mais il ne s'est jamais rien passé entre nous. Tu dois me croire.

— Je te crois, Fatimah, je te crois.

— Mais..., tente d'intervenir Hanar.

— Taisez-vous ! hurle alors Jalal. Personne ne parle en dehors de ma femme ! Vous ne pouvez que vous taire. »

Hanar recule d'un pas devant le regard noir et glacial de son frère. Malgré elle, elle continue d'écouter le récit de sa belle-sœur.

« Quelqu'un a colporté des médisances sur nous, parce qu'on discutait souvent ensemble. Je ne sais ce qui a été dit, mais le mari de ta sœur a considéré que je t'avais trahi. Il t'a vengé, tu as compris comment. Un enfant a été conçu. De lui, c'est probable. De toi, peut-être, je ne sais. J'ai tout fait pour ne pas le garder mais il s'est accroché. Quand j'ai su qu'il allait vivre mal-gré tout, malgré moi, j'ai décidé de t'en parler. Parce qu'il était impossible de continuer comme cela. C'est là que ta mère a eu peur. Vraiment. Elle craignait que je détruise votre famille. Ma souffrance était sans importance. Elle m'a fait taire, une fois de plus. En me brûlant. »

Un silence écrasant s'installe, que Saywan finit par briser :

« Non, je n'ai pas eu peur, dit-elle en fixant sa belle-fille avec une haine sourde. Je n'ai pas eu peur !

répète-t-elle en criant. J'ai décidé de laver l'honneur
bafoué de notre famille. Tu as trahi Jalal avec cet
homme, quoi que tu dises aujourd'hui. Dilo a vengé
son beau-frère, il en avait le droit. Tu as voulu ensuite
dénoncer Dilo, traiter mon gendre de violeur. Ça
n'était pas acceptable. J'ai fait ce que j'avais à faire. »

Jalal regarde sa mère avec horreur, incapable de lui
parler. S'il s'exprimait, ce serait par des gestes des-
tructeurs. Mais sa femme l'a supplié de se taire, de la
laisser faire, alors il se contient. Presque.

Soudain une idée traverse son esprit. Il se tourne
vers sa mère :

« Et le maître, sa mort, c'était bien un accident,
n'est-ce pas ? »

Cette question surprend Fatimah, qui a appris
récemment par sa fille l'horrible nouvelle. Elle n'avait
pas pensé à cela ! Elle sent l'angoisse monter en elle
tandis que Baba répond, crachant les mots, le visage
déformé par la haine :

« Bien sûr que non, ce n'est pas un accident ! Ton
père et Dilo l'ont tué. Eux aussi t'ont vengé, mon fils.
Ils l'ont jeté dans le puits. Vivant, précise-t-elle dans
l'intention de meurtrir un peu plus sa belle-fille.

— NON ! »

En même temps que ce terrible cri de souffrance,
Fatimah, d'un geste saccadé et douloureux, sort la
main qu'elle tenait enfouie dans sa manche. Un objet
brille entre ses doigts gantés. Un pistolet qu'elle bran-
dit en tremblant devant sa belle-mère.

Devant ce geste, le temps se fige. Puis :

« Non, Fatimah, ne fais pas cela », la supplie Jalal à
voix basse. Malgré ce qu'il vient d'entendre, il veut

encore croire en une vie avec elle, avec leurs filles et ce petit à naître. « Pour moi, pour nos enfants.

— Laisse-moi, Jalal. Je ne peux pas faire autrement. C'est trop. » Elle se retourne vers sa belle-mère, la fixe, les larmes aux yeux, mais déterminée. « Cette arme, je ne pensais pas m'en servir. Mais j'avais peur de vous. Alors j'ai demandé à mon amie de m'apporter le pistolet de son mari. C'était pour me défendre, pas pour attaquer. Mais maintenant, donnez-moi une raison, une seule bonne raison de ne pas m'en servir. »

Le silence est absolu. Saywan et Hanar se sont rapprochées l'une de l'autre. Elles se serrent comme pour se protéger. Leur regard va de Jalal, qui ne bouge pas, à l'arme, puis à Fatimah, et refait le chemin inverse.

Jalal est debout, impuissant. Il veut que cela s'arrête, emmener sa femme loin d'ici. Fatimah se tient droite, immobile. Elle a le bras tendu en avant, les doigts agrippés à l'arme.

Les deux femmes ferment les yeux, attendant le coup mortel.

Soudain, le visage de Fatimah se crispe. Un instant, elle semble souffrir. L'arme s'abaisse. Elle se ressaisit, retend le bras, réfléchit. Grimace de nouveau. Mais un sourire apparaît alors sur son visage.

Elle se retourne vers son mari et, lentement, lui tend le pistolet.

« C'est notre enfant, Jalal. Il vient de bouger, de se manifester pour que je ne commette pas cet acte. Il a besoin d'une mère digne, qui n'ait pas ôté de vie. Il a besoin de sa mère et de son père enfin réunis, vivants. C'est lui qui me sauve, qui nous sauve. Partons. Pour toujours. »

Jalal, bouleversé, observe sa femme dont la voix s'altère. De nouveau, la douleur déforme son visage.

« Mais ?

— Oui, il va naître bientôt. Emmène-moi, vite. »

Sans un regard pour ces deux femmes qu'il ne connaît plus, et que son futur enfant ne verra jamais, Jalal prend Fatimah par le bras et l'entraîne hors de cette maison.

Serrés l'un contre l'autre, l'homme et la femme avancent vers la voiture. Vers leur destin.

La tête droite et le regard haut. Fiers de ce qu'ils n'ont pas fait. Fiers d'avoir réparé, par leur dignité, la blessure.

Le crime d'honneur

par la Fondation Surgir[1]

Selon l'ONU, au moins 5 000 femmes sont tuées chaque année au nom de l'honneur.

Une pratique d'origine babylonienne

Il s'agit d'une tradition particulièrement répandue dans les sociétés patriarcales du Moyen-Orient, au Pakistan, en Turquie, au Tchad et dans certaines régions d'Amérique latine. On en retrouve déjà les prémices dans la société arabe avant la naissance de l'islam. Elle est pratiquée dans tous les milieux socioculturels, ne répond à aucune loi et n'est pas d'ordre religieux puisque des personnes de confessions différentes la pratiquent.

L'honneur de la famille

Cette coutume cruelle légitime l'assassinat, par un membre de la famille, d'une fille ou d'une jeune femme suspectée d'avoir enfreint le code d'honneur

---

1. La Fondation Surgir est une fondation apolitique et non confessionnelle qui lutte contre les violences faites aux femmes partout dans le monde. Elle est dotée depuis 2005 du statut consultatif spécial auprès du Conseil économique et social des Nations unies, et est membre depuis 2008 de la Conférence des ONG onusiennes. Voir www.surgir.ch

familial. Les critères régissant ce code sont évidemment propres à la société, cependant on peut affirmer que toute attitude remettant en cause la virginité de la fille (relation sexuelle consentie, viol, inceste, rumeurs), le fait d'avoir été vue avec un garçon, une tenue vestimentaire jugée indécente, rentrer chez soi tard le soir, parler au téléphone avec un ami peuvent éveiller les soupçons des proches et les conduire au crime d'honneur. En effet, ceux-ci pensent que l'honneur de la famille réside dans l'intégrité physique de la fille et que, si cet honneur a été bafoué – ou si l'on pense qu'il a été bafoué –, il doit être lavé dans le sang de la présumée coupable. C'est le père, un frère, un cousin ou une personne désignée par la famille qui se charge de venger l'honneur familial, souvent un mineur ne risquant qu'une petite peine.

Différents moyens sont utilisés pour assassiner ces jeunes filles, elles sont le plus souvent empoisonnées, égorgées, fusillées, étranglées, poignardées ou encore arrosées d'essence puis brûlées. Le criminel, son forfait accompli, est accueilli comme un héros par sa famille, il se rend souvent de lui-même à la police, qui encourage généralement son geste.

Des filles innocentes

Malgré le fait que les victimes soient souvent innocentes de ce qu'on les accuse (selon l'Institut jordanien de médecine légale, 80 % des jeunes filles tuées ont été trouvées vierges au cours des autopsies), le nombre des assassinats au Moyen-Orient, au Pakistan et au Brésil est en augmentation. Les assassins se voient attribuer des peines allant de six mois à deux ans de prison seulement et sont souvent relâchés au bout de quelques mois. Il n'est pas rare qu'ils ne soient condamnés à aucune peine, car la société reconnaît qu'«ils n'avaient pas le choix»... En effet, les lois locales sont très laxistes à ce sujet.

Faites de nouvelles rencontres sur pocket.fr

- Toute l'actualité des auteurs : rencontres, dédicaces, conférences...
- Les dernières parutions
- Des 1ers chapitres à télécharger
- Des jeux-concours sur les différentes collections du catalogue pour gagner des livres et des places de cinéma

Découvrez des milliers
de livres numériques
chez

12-21

→ *www.12-21editions.fr*

12-21 est l'éditeur numérique de Pocket

La photocomposition de cet ouvrage
a été réalisée par
GRAPHIC HAINAUT
59410 Anzin

Imprimé en Espagne par
Liberdúplex
à Sant Llorenç d'Hortons (Barcelone)
en mai 2016

POCKET – 12, avenue d'Italie – 75627 Paris Cedex 13

Dépôt légal : juin 2016
S25881/01